明日の夕餉
居酒屋お夏 春夏秋冬

岡本さとる

幻冬舎時代小説文庫

明日の夕餉　居酒屋お夏　春夏秋冬

目次

第一話　杯事

一

清次《せいじ》が禄次郎《ろくじろう》と知り合ったのは、残暑が収まり始めた秋の日のことであった。

塩が切れたので、目黒不動門前まで買い出しに行った道すがら、口入屋の親方・不動の龍五郎《りようごろう》と立ち話をしているところを見かけたのだ。

「やあ、清さん……」

龍五郎は、ちょうどよかったという表情を浮かべて、声をかけてきた。

「禄さん、この苦み走った好《い》い男は、行人坂《ぎようにんざか》を上がったところにある居酒屋の料理人でねえ……」

「清次と申しやす……」

清次はすかさず頭を下げた。

龍五郎が自分に引き合わそうとしている男は、腹掛に継ぎの当った股引《ももひき》、紺の上っ張りを引っ掛けた、一見地味な四十絡みの職人風であった。

しかし、顔を見合わせると、彼の顔付きも苦み走っていて、口許《くちもと》には哀愁が漂っている。

飾りけはないが、男の強さとやさしさを内包している者の面持ちだ。

清次の目には瞬時にそれが映り、たちまち親しみを覚えた。

「あっしは禄次郎と申します。不動の親方には世話になっておりやして……」

応える禄次郎もまた、清次に親しみを覚えたようで、思わず口許が綻んだのが見てとれた。

「禄さんは娘と二人で目黒にきたばかりなので、よろしく頼むよ。清さんとは馬が合いそうな気がしていたから、ここで引き合わすことができてよかったよ」

このあたり、さすがに龍五郎は、男の感情の機微をよくわかっている。

龍五郎はいかつい顔に、満足そうな笑みを湛《たた》えた。

禄次郎の喋《しゃべ》り口調から察するに、江戸の生まれではないらしい。

どこかから流れてきた者に、龍五郎が仕事を与え、住処《すみか》まで見つけてやったようだ。

龍五郎はそんな経緯《いきさつ》は一切語らずに、

「居酒屋の女将《おかみ》は、お夏《なつ》という口の悪い、とんでもねえくそ婆《ばば》ァなんだが、なかなか気が利いたところがあって、誰でも気楽に安くてうめえものが食えるんだ。そのうち行ってみたら好い」

と、禄次郎に言ったものだ。

「待っておりやすよ」

清次はにこやかに頷《うなず》きかけると、その場を立ち去った。

禄次郎には興がそそられたが、縁があればそのうちまた会うこともあろう。

少しずつ言葉を交わしながら、相手の人となりを知ればよいのである。

それが清次の信条であり、彼が神仏以上に大切にしているお夏の信条でもある。

居酒屋へ戻ると、

「不動の親方にばったりと会いましたよ」

そうして、禄次郎という味わい深い男を引き合わされたことを、さりげなくお夏

に伝えたのだが、

――店にはすぐにこねえだろうな。

そのように思っていた。

他所《よそ》から娘と二人で流れてきたのである。

口入屋の龍五郎の親切が、身に沁《し》みるほどありがたかったに違いない。

まず、与えられた仕事をしっかりとこなして、龍五郎を安心させてからでないと、居酒屋へ一杯やりになど行けない。

禄次郎は、そのような考え方をする男だと思ったのである。

気が合いそうな相手だけにそうあってほしくもあった。

すると、清次の予想通り、禄次郎は数日経《た》っても店には来ず、

「清さん、この前の禄さんだけどよう、仕事が落ち着いたら店に行かせてもらうから、よろしく伝えてくだせえと言っていたよ」

龍五郎からそう告げられた。

「仕事が落ち着いたら……。なかなかしっかりとしたお人ですねえ」

清次は嬉《うれ》しくなって、にこやかに応えると、

「まったくだ。まじめな男で、おれもほっとしているところさ」

龍五郎も満足そうに頷いてみせた。

彼はそのうちに禄次郎の噂話《うわさばなし》をするようになった。

禄次郎は、娘のお京《きょう》を連れて常陸国《ひたちのくに》府中から出てきたのだという。

府中では立場《たてば》で人足をしていたのだが、差配の代替わりに伴って、ちょっとした揉《も》めごとが起こり、土地に居辛《いづら》くなったのである。

気の荒い者が多い人足達のことだ。詳しく問わずとも龍五郎には、大よその察しはつく。

皆まで訊《き》かずに世話をしてやったというわけだ。

止《とど》まって、揉めごとにけりをつけたかったが、娘のお京を思うと、黙って府中を出るべきだと考えたのかもしれない。

或《ある》いは、人足と言っているが、それなりの束ねを務める身であったので、争いを避けて身を引いたのではなかったか。

同じ出ていくのなら、江戸でやり直そうと思ったが、江戸に頼れる人もなく、道中評判を耳にした不動の龍五郎を訪ねて目黒にやってきたそうな。

この件《くだり》を語った時は、聞くとはなしに聞いていたお夏も黙っていられなくなったようで、

「大したもんだねえ。親方の名は日の本中に知れ渡っているんだ」

と、からかうように言ったものだ。

「婆ァ、大袈裟なんだよう」

「評判を耳にした者に〝男と見込んでお願いいたしやす〟などと言われると、つい胸を叩《たた》いてしまうってわけだ」

「馬鹿を見たけりゃあ不動の龍五郎を見ろ……、そう言いてえのか」

「とんでもない……、男の中の男だと、おみそれいたしておりますのさ」

「婆ァ！ なぶりやがるか！」

そこから居酒屋の名物である、二人の口喧嘩《くちげんか》が始まったが、常連客達は龍五郎の俠気《きょうき》を称えて居酒屋には実にほのぼのとした温かな風が漂ったのである。

龍五郎は予々《かねがね》、江戸でやり直したいと思っても、請人がなければまともな暮らしを送れない世の中を嘆いていた。

「人は会って話せばどんな生き方をしてきたかわかるってもんだ。おれはそういう

者達を支えてやりてえ。それが口入屋ってものさ」

そして口入屋の矜持《きょうじ》をこんな風に語っていた。

話を聞けば、禄次郎は訳有りで、龍五郎もそれなりの覚悟を持って世話をしているように思える。

その相手を一目見て清次もまた心惹《ひ》かれるものを覚えたのだ。

お夏は、いつもの口喧嘩に託《かこつ》けて、龍五郎がいかに禄次郎に肩入れをしているかを、常連達の前で明らかにしたのであろう。

やがては居酒屋にも来るだろうが、それを踏まえた上で接するようにと、伝えたかったのに違いない。

「ちょうどよう、紙屑屋が仕分けを頼める者を探していたから渡りに船だ。太鼓橋を渡ってすぐのところに百姓家が空いていて、そこへ住まわせたのよ」

龍五郎は上機嫌で話を続け、清次はこうして禄次郎の人となりを、自《おの》ずと知ることが出来たのだ。

二

禄次郎は紙屑屋から受けた仕事を黙々とこなした。

どんな物も、捨てずに再利用していたこの時代、塵《ごみ》の山は宝の山となる。

紙屑買いや紙屑拾いが集めてきたものを、選り分けるのが禄次郎の仕事であった。

紙屑の中でも、汚れが少ないものは白紙といって価値が高い。

漉《す》き返した時に上質な紙に生まれ変わるからであるのは言うまでもないが、墨跡で黒くなってしまった〝カラス〟も、漉き返せば薄墨紙となって使える。

〝せんこう紙〟というのは、刻み煙草《たばこ》の包み紙で、こちらは防湿の加工紙として再利用される。

紙だけではない。

みかんの皮などが交ざっていれば、これを選り分けておくと、七味唐辛子や薬の材料となる。

毛髪も、髢《かもじ》や人形の髪に使えるので、別に分けておく。

糸屑も同様である。

それほど難しくもない仕事であるものの、瞬時に判断して、さっさと選り分けていく要領のよさがないと、こういう作業はなかなかはかどらない。

禄次郎は自分なりに工夫して、すぐに仕事のこつを覚えた。

そのうちに、龍五郎が見つけてくれた百姓家へ屑の山を持ち帰り、分別した上で紙屑屋へ運ぶことを許された。

自分の家でする方が、一日中誰に気兼ねもなく没頭出来るし、お京が手伝ってくれる。

岩屋弁天前にある紙屑屋への往復を考えても、仕事がはかどるのだ。

紙屑屋の主人は、口入屋の親方である不動の龍五郎を信頼してはいたが、苦み走った風貌にどこか凄《すご》みを秘めている禄次郎を、初めのうちは恐れていた。

しかし、彼の勤勉さと誠実な人となりに触れるうちに、

「さすがは不動の親方ですねえ。人の見極めが確かだ……」

と喜んで、禄次郎に仕事を任すようになっていた。

無駄口は利かず、父親の仕事を楽しそうに手伝う、娘のお京の姿にも満足してい

るという。

そういう噂が、お夏と清次の耳に届くようになった初冬のある日。

夕方になって、禄次郎はお京を伴って居酒屋へやってきた。

「いらっしゃい」

いつものように、お夏はぶっきらぼうな物言いで二人を迎えたが、

「待っておりやしたよ」

清次は珍しく声に出して歓迎の意を伝えていた。

「もっと早くきたかったのですがねえ」

禄次郎は少し恥ずかしそうに応えて、

「これが娘の……」

と、傍らで小さくなっているお京を促した。

「お京ちゃんだね。不動の親方から聞いているよ」

清次はすかさず言って、お京を楽にさせてやった。

「女将さん、酒を二合ばかり、あとは飯を頼みますよ。娘には何かうめえ物を食わしてやっておくんなせえ」

龍五郎から、この居酒屋の作法などは聞き及んでいるらしく、禄次郎はてきぱきと注文をして、出入り口近くの長床几《ながしょうぎ》の端に父娘で腰をかけた。

まだいつもの賑《にぎ》やかな常連達は店に来ていなかったが、新参者としての気遣いを見せているのがよくわかる。

「ちょいとお待ちを……」

口数は少ないが、お夏はにこやかに応対すると、清次に頷いてみせた。

お夏の目は、

「清さんが気に入りそうな人だねえ」

と、語っていた。

お夏と清次は、けんちん汁と、沙魚《はぜ》の煮付を酒と共に出して、父娘はこれを、

「こいつはうめえや……」

「お父《とっ》つぁん、よかったわねえ」

しみじみと味わって食べた。

禄次郎は二合の酒、お京は飯。

一通り食べ終ると、禄次郎はそこから香の物で飯を一膳腹に入れ、幸せそうな表

情を浮かべた。

その間に、不動の龍五郎が、口入屋の番頭である乾分《こぶん》の政吉《まさきち》と店にやってきて、

「よう、禄さんもお京ちゃんもきてたのかい。こいつは嬉しいねえ」

と、声をかけた。

「へい、やっと仕事の要領もわかってきて、親方に迷惑をかけることもねえかと思いましてねえ」

禄次郎は、はしゃぎすぎずに、実に落ち着いた物言いで応えた。

お京は隣で黙って頬笑《ほほえ》みかける。

さらに車力の為吉《ためきち》、駕籠《かご》屋の源三《げんぞう》と助五郎《すけごろう》、米搗《こめつ》きの乙次郎《おとじろう》達、いつもの客がやってきて、常連の肝煎《きもいり》である龍五郎が見かけない男と話しているのを見て、それが噂の禄次郎で、隣にいるのが娘のお京だとすぐに気付いた。

誰もが興味津々たるところであるが、龍五郎が見込んだ男で、清次が既に引き合わされていて、その人となりを認めているとなれば、あまり馴《な》れ馴れしくも出来なかった。

徒《いたずら》に話しかけたりすると、

「まず店の味に慣れてもらっているところさ。そんなにうるさくすると、喉に詰まっちまうじゃあないか」

などとお夏に叱られかねない。

誰もがそれをわかっているからだ。

この日は皆一様に名乗りをあげるに止めて、顔繋《かおつな》ぎの一歩としたのであった。

禄次郎は、荒くれ達が思いの外に細やかな気遣いを見せてくれるので、

「親方から聞いてはおりましたが、まったくもって、好い店ですねえ」

と感じ入った。

自分が新参者だと遠慮を見せたのと同じように、龍五郎が肩入れをしている男だと見るや、親しみを示しつつ、まずは馴れ馴れしくならぬように接する――。

そういう居酒屋のとりきめが、堅苦しくなく自ずと出来ているのが、実に新鮮に思えたのだ。

料理人の清次は、どこか自分と同じ匂いのする男で親しみを持てたが、

――お夏という女将は、大した女だ。

と、ちょっとした衝撃を受けていた。

決して客達に押しつけるわけでもなく、

「くそ婆ァ！」

と言わせる余裕を与えつつ、店の流儀を客と共に作りあげているのは、なかなか出来るものではない。

そして、そのような想いをお夏に対して抱く禄次郎もまた〝大した男〟で、常陸府中の立場で人足をしていただけの者ではないようだ。

今は黙々と紙屑の選り分けなどしているが、立居振舞に威風があり、物腰の柔らかさは強さの裏返しに見える。

お夏の居酒屋ゆえに、立入った話はしないが、それから禄次郎がお京を連れて二、三度店に来て、交わす言葉も増えてくると、

——いってえ、どういう人なんだろうな。

常連達が気になるのも無理はなかった。

禄次郎の傍らで、余計なことは一切言わず、いつも口許に笑みを湛えている娘のお京も、田舎出の人足の娘とは思えない、艶やかさを秘めている。

こういう父娘が土地に馴染んでくれたら、この辺りの住人にとっても喜ばしいこ

となのだが、

——世間というものが、あの居酒屋のようなところばかりだと好いのだが。

と、禄次郎は思えど、なかなかそっとしておいてくれないのが世間だといえよう。

二人がお夏の居酒屋に時折やってくるようになった十月の半ば、禄次郎がちょっとした注目を浴びる騒ぎが起こったのであった。

三

その日。

いつものように選り分けた紙屑を、紙屑屋に届けた禄次郎であったが、

「いつもご苦労さんだねえ。禄さんの仕事が手際よすぎて、ははは、頼む紙屑が切れてしまいましたよ」

と、紙屑屋の主人は言う。

「左様ですか。そんなら、また後で参ります……」

禄次郎は照れ笑いを浮かべつつ、荷物運びを手伝っていたお京と二人で、一旦家

へ帰ろうとしたが、

「禄さん、せっかく暇ができたのだから、わたしの相手をしてくださいな」

と、引き留められた。

紙屑屋の主人は九兵衛《くへえ》といって、六十過ぎの老人である。

元来酒好きなのだが、体の具合を悪くしてからは嗜《たしな》むくらいにしていて、滅多に飲みにも出かけなくなっていた。

それゆえ、こういう機会に禄次郎相手に一杯やりたくなったのだ。

「それはありがたいことですが、旦那さん、おかみさんに叱られませんかい？」

禄次郎は九兵衛の酒の事情と、彼が女房から常々酒を控えるように言われているのを知っていたので、にこやかに問うた。

「ははは、昔みたいに浴《ねぎら》びるほど飲むわけじゃあありませんよ。ほんの半刻（約一時間）くらい日頃の労いに、ねえ」

九兵衛は実に楽しそうに笑って応えた。

その様子から見ても、禄次郎を気に入っているのが窺《うかが》える。

禄次郎も嬉しくなり、

「そんならちょいとお邪魔させていただきましょう」

と誘いに応じて、

「お京はその間、お不動さんを見て廻《まわ》ってくれば好い」

娘には目黒不動への参拝を勧めた。

目黒へ来てから、ゆっくりと目黒不動の境内を散策したこともなかったからだ。

「ああ、それが好い」

九兵衛も相槌《あいづち》を打った。

「わたしの酒に付合わされても、お京ちゃんにはおもしろくもありませんからね」

そして、甘い物でも食べておいでなさいと、小遣い銭を与えてくれたのであった。

「お父つぁん……」

お京は九兵衛に頭を下げつつ、こんなことをしてもらってよいのかと、困った表情を見せた。

それが九兵衛にはまた、一層愛らしく映ったようで、

「そんな僅《わず》かな銭を遠慮されたら、こっちが恥ずかしくなりますよ。ほんの少しだけ、禄さんをお借りしますよ」

と、やさしく送り出したのであった。

お京は日頃は滅多に感情を外に出さないが、この時ばかりは、娘の華やいだ表情となり、

「それでは、ありがたくちょうだいします。お父つぁん、ちょいと行かせてもらいます」

足取りも軽く、紙屑屋を出たものだ。

目黒へ来てからは、ほとんど百姓家と紙屑屋を往復するばかりの暮らしを送っていた父娘であったが、このところは時折、お夏の居酒屋に顔を出し、土地の者達の人情に触れていた。

それが、この土地への安心を深めていて、お京を一人で目黒不動へ参拝させることへの不安を薄れさせていたといえる。

まだ日は高かった。

目黒不動の境内にも人通りは多く、お京もゆったりとお参りをしがてらの物見遊山に、しばし時を忘れた。

目黒は江戸府内の西端に位置するが、郊外とはいえ、大道芸や物売りの掛け声な

ども、どこか垢抜けていて、お京にとっては見る物すべてが珍しかったのである。

お京は十七歳とはいえ、大人びた風情を醸しているが、賑やかなところにいると、あどけなさが増していた。

その間、禄次郎は心おきなく九兵衛の酒の相手をした。

「禄さんほどの男が、紙屑屋の手伝いをしているというのは、もったいない話だ。はははは、わたしはお蔭《かげ》で、ますます楽をさせてもらっていますがねえ……」

九兵衛は、体を壊してからは何ごとに対しても弱気になっていた。

己が体力も落ちてきた上に、紙屑の選り分けをしていた老爺《ろうや》が、ぽっくりと死んでしまい、稼業を続けるのが辛くなっていた。

それゆえ、口入屋の不動の龍五郎が、老爺の代わりにと禄次郎を連れてきた時は、心が揺れた。

いかにもしっかりしていそうな四十絡みの禄次郎と、今まで働いていた老爺とでは、雲泥の違いがあった。

だが、同時にそういう男を使いこなすだけの気力も湧いてこなかったのだ。

老爺の以前に手伝っていた男達は皆、愚鈍な男か、怠惰な暮らしを送っている極道者であった。

九兵衛も若い頃は、そ奴らを叱りとばし、店から放り出すくらいの勢いがあったが、今となってはそれも出来まい。

とはいえ、

「九兵衛さんもまだまだ老け込む歳《とし》じゃあありませんぜ。しっかりしたのを使いこなして、お前さんの底力を若え奴《わけ》らに見せてやらねえでどうするんですよう」

龍五郎に励まされて、久しぶりに荒馬を乗りこなしてやろうという気が出てきた。

それで、いざ禄次郎と向き合ってみると、よく出来る男は、使いこなすまでもなく、勝手に動いてこっちを満足させてくれる。

こういう当り前のことさえ気付かなくなって、恐れてばかりいる自分が情けなく思えてきたのだ。

「わたしはこんなしがない商売をしておりますがねえ、紙屑屋としては立派に生きてきましたよ」

「そいつはよくわかります。あっしは今の仕事にやり甲斐を覚えております」

「嬉しいことを言ってくれるが、人には分というものがある」

「紙屑の選り分けは、あっしには分不相応だと仰《おっしゃ》るんで？」

「そういうことですよ。ただ選り分けるだけの仕事に、いつまでもお前さんほどの男を使っているわけにはいきません」

「てえことは……」

「そのうちに紙屑屋を、そっくり任せるつもりでいるのですよ」

「あっしに商売を任せると……」

「もちろんわたしも口を出させてはもらいますよ。智恵は身についていますからね。だが、智恵があってもそれを成し遂げる力が今のわたしにはない。だからゆくゆくは、そうさせてもらいたいと思っているのですよ」

「旦那さん……」

「禄さんがここへくるまでに何をしていたかは知りませんが、きっと人の上に立つ身分だったのだとわたしは見ております。ですから、店ごと引き受けるつもりで、この先も励んでもらいたいのですよ」

一杯やりながら、こんな話をするうちに、禄次郎の胸は煮えたぎってきた。

他国から流れてきた自分に、早くもそのような想いを向けてくれる九兵衛に感激したからだ。

　だが同時に、過去に曰《いわ》くを抱える禄次郎には、荷が重過ぎる話であった。

「旦那さんは、あっしを買い被《かぶ》っておいででございますよ。あっしはそんなに誉められた男ではないのですよ……」

「いえいえ、わたしも長く人を見てきていますからよくわかりますよ。禄さんは任すに足る男だとね」

「昨日今日、きたような男でございます」

「人は付合いの長さではありませんよ」

「もったいねえ……。もったいねえ……」

「かえって迷惑ですかな」

「とんでもねえ……。ただ今はまだ、大きなことは考えずに、目の前にあることをこなしていきたいと思っております」

「なるほど、それは禄さんの言う通りだ。歳を取ると何ごとも気が急《せ》いていけません。先のことより今を大切にする……、禄さんの心がけはどこまでも正しい。ですがねえ、先を見据えて励んでもらえると、尚嬉しい。わたしの想いを伝えておきますよ……」

衣《きぬ》かつぎをつまみに、九兵衛の体を気遣って、二合ばかりの酒をちびりちびりと飲んで話した内容は、禄次郎にとっては思いもかけないことであった。

「旦那さんのお気持ちは胸の内にしまって、忘れるものではございません」

恭《うやうや》しく頭を下げた時には、半刻が過ぎていた。

「そんなら、また後ほど参ります」

「いや、手間賃はきっちりと払いますから、今日はこのままお京ちゃんと、その辺りをぶらぶらとして、行人坂上の居酒屋にでも行けばよろしい」

「いえ、そんなわけには……」

「構いませんから、そうなさい」

「へい。ではお言葉に甘えて、そのようにさせていただきます」

こうして禄次郎は、お京と落ち合うために目黒不動へ向かった。

身に過ぎた話を九兵衛はしてくれた。

自分が懸命に励んだこともあるが、不動の龍五郎に認められたのが、何よりも人の信頼を集めたのであろう。

そう考えるとありがたくて堪《たま》らなかったが、

――おれはそれほどの男ではない。

やり切れぬ想いが胸を刺し貫いていた。

龍五郎を頼り、これだけの恩恵を被りながら、禄次郎は龍五郎に己が過去の一切を打ち明けていなかった。

それは九兵衛に対しても同じで、ひたすら紙屑屋での仕事に励んできたのは、その後ろめたさから逃れる意味をも含んでいたのだ。

九兵衛は紙屑の選り分けに甘んじることなく、店そのものを任せても好いと言ってくれた。

目黒へ流れてきて、お京とひっそり暮らし、先を見据えようと思ったが、たちまちのうちに身の置きどころが出来てしまった。

喜ばしい話ではあるが、過去のしがらみに追われて、またこの地を出ていかねばならぬ日がくるかもしれないと思うと、やり切れなくて仕方がなかった。

だが、この目黒にいれば本当に新しい人生を歩めるかもしれない。

龍五郎、九兵衛、そしてお夏の居酒屋の清次……。

助けてくれそうな人は大勢いるのだ。

目黒不動への道すがら、そんなことを考えて気を落ち着かせる禄次郎であったが、目黒不動に着くと、半刻後に仁王門で落ち合うはずのお京が、まだそこにいなかった。

「お京も他愛のないものだ」

禄次郎はふっと笑った。

江戸へ出てくるまでの間も、娘らしいことは何も出来ず、二親に連れられて遊山を楽しむ年頃の娘達を横目に、黙って自分についてきたお京である。

さぞや江戸の賑わいを楽しんでいるのであろうと思うと、いじらしさが募った。

この地で紙屑屋の禄次郎として新たな暮らしを始め、ここでの居場所を見つければ、自ずとお京にも幸せが舞い込むはずだ。

目黒に流れてきて、この先の様子を見ようと考えるのではなく、いかにすればこの地に定着出来るのかを考えるべきだ。

お京と落ち合ったら、そんな話もしてみよう――。

あれこれ頭に思い浮かべると、気分が晴れやかになってきた。

ところが、禄次郎の表情は、遠く聞こえてきたお京の声で一変して、厳しいものとなった。

「ちょいと、そこを通してくださいまし」

彼女の声には、明らかに当惑と怒りが含まれていたのだ。

四

お京は鐘楼の陰にいて、三十絡みの二人連れの男に行手を塞がれている。

男達は酒に酔っていて、道行く娘達にちょっかいをかけていた。

そして岡持ちを提《さ》げた出前持ちの娘が的となり、

「おう、お前、そいつは何だ……」

「稲荷鮨のようだな。ちょうど腹が減っていたんだ。そいつを分けてくんな」

「代は払うからよう」

「好いだろう……」

と、絡まれたのだ。

出前の品の横取りなどされては娘も立つ瀬がない。たちまち困ってしまったところへ、

「おう姉さん、何なら一緒に食うか」

「こっちへこいよ」

二人は尚も無理を言う。

お京はそこに出くわしてしまい、やり過ごそうと思ったのだが、女と見てやりたい放題の破落戸《ならずもの》を見ていると助けてあげたくなった。

「ふふふ、冗談ですよう。そうですよねえ、兄さん方……」

お京はにこやかに割って入って、出前持ちの娘が逃げ出す間合を拵《こしら》えてやった。

男二人はきょとんとしてお京を見ていたが、粗末な形《なり》をしてはいるが、縹緻《きりょう》が好いことに気付くと、顔を見合って、

「ああ、冗談だ。お前が冗談だと言うなら、そういうことにしておいてやろう」

「その代わり、おれ達と一杯付合いな。こいつは冗談じゃあねえぞ」

と、今度はお京に絡み始めたのだ。

隙を見て逃げ出してやろうと考えたのだが、二人は酔っていながらも身のこなし

が鋭く、なかなかその間を与えない。

それなりの喧嘩自慢のようで、巧みに間を詰めて、嫌がるお京を鐘楼の陰へと追い込んだ。

「ちょいと、そこを通してくださいまし」

堪らず声をあげたところに、禄次郎がやってきたのだ。

やはり一人で行かせるべきではなかった。

たまには思うがままにさせてやりたかったのだが、繁華なところには危険が付きまとうものであった。

「お京、何をしている?」

禄次郎は、お京に声をかけた。

「お父つぁん……」

お京はほっとした表情を浮かべたが、面倒をかけたと目が詫《わ》びていた。

男二人はじろりと禄次郎を見た。

「何でえ、お前がこの娘のお父つぁんかい」

一人が凄んだ。

「へい。何分田舎者でございまして、不調法をいたしましたのならご勘弁願います」


　禄次郎は小腰を折った。ここでは争いたくなかった。

　だが、どうしても悪い流れを止められない時がある。

　下手に出ると、さらに調子に乗る相手もいるものだ。

「随分と不調法をしてくれたぜ。お前の娘のお蔭で稲荷鮨を食いそびれちまったよ。どうしてくれるんだよう」

「まあいいや、お前も一緒に一杯やるかい。それでよう、娘の相手にはどっちの男が好いか、父親のお前に選んでもらおう」

「兄弟、そいつは好いな」

「だろう、これで恨みっこなしよ」

　と、ますます勢い付いたのだ。

「そいつは申し訳ありません。稲荷鮨なら、これからあっしが一っ走りして買って参りやしょう。ですから、どうぞ娘を許してやっておくんなさいまし」

　それでも禄次郎は穏やかにことを済まそうとした。

「ごめんくださいまし……」

お京も禄次郎の苦心を無駄にするまいと、深々と頭を下げて、禄次郎の許へ行かんとしたが、

「お前はここにいろぃ！」

「親父、早く買ってきやがれ！」

男二人は許さず、お京の腕を取った。

その拍子にお京の着物の片袖がちぎれた。

禄次郎の辛抱もここまでであった。

粗末な着物に身を包み、目立たぬように目黒不動を参拝し、その賑わいを楽しんでいたお京をただでさえ不憫《ふびん》に思っていたというのに、人前で片袖までもがれたのでは、あまりにも哀れではないか。

「そんなら……、稲荷鮨よりもっと好いものがあるぜ……」

じりじりと二人に歩み寄る禄次郎の目が、幽鬼のごとく不気味で凄絶《せいぜつ》な光を帯びていた。

その剣幕に二人の男は一瞬たじろいだが、こ奴らは根っからの破落戸《ならずもの》で、田舎者

のおやじを呑《の》んでかかっていた。

「何だ手前《てめえ》……、怒ったのかい？」

「へへへ、田舎者が怒りやがったぜ！」

「稲荷鮨よりもっと好いものだと？」

「そんなものがあるなら、今すぐ見せやがれ」

二人もまた禄次郎に詰め寄った。

「へど、だよ」

禄次郎はニヤリと笑ったかと思うと、

「二人で互いのへどをなめ合いやがれ！」

一人の腹を蹴り上げ、すかさずもう一人の腹に拳を突き入れた。

あっという間の早業であった。

酒が入っている二人は、禄次郎が言った通り、へどを吐いてその場に倒れてのたうった。

「お京、行くぜ……」

禄次郎は倒れた二人には見向きもせず、お京を連れて立ち去った。

鐘楼の陰であったが、いつの間にか人だかりが出来ていて、誰もが禄次郎に賛辞を贈った。

「お騒がせいたしました……」

禄次郎はまた小腰を折って、恥ずかしそうな表情に戻って逃げるように立ち去ったのである。

──大したもんだ。

その姿をそっと眺めていた清次が呟《つぶや》いた。

つい先ほど、車力の為吉が居酒屋に休息にやってきて、目黒不動の境内にお京がいるのを見かけたと話していた。

「お京ちゃんも若い娘だねえ。露店を楽しそうに見ながら歩いていたよ」

それを聞いたお夏が、

「清さん、ちょいと様子を見ておやりな」

と、囁《ささや》いたのだ。

禄次郎の仕事が落ち着いて、物見遊山をしているのだろうが、このところ目黒不動の境内を、おかしな連中がうろついていると耳にしていて、何やら胸騒ぎがしたらしい。

お京は、彼女自身が思っている以上に縹緻がよい。その上に、まだまだ江戸の賑わいには不慣れであるから、ふと気が緩んだ時に危なっかしいことにならないか——。

お夏のこういう勘は、恐ろしいほどによく当るのである。

清次としても、一人でいるなら、声のひとつもかけて安心させてやりたい思いにかられる。

それで境内を覗《のぞ》いてみると、この騒ぎに遭遇したのであった。

清次が出張るまでもなく、そこに禄次郎がやってきて、あっという間に破落戸《ならずもの》二人を叩き伏せたわけだが、

——ここは見なかったことにしておこう。

禄次郎が強い男であるとはわかっていたが、清次に見られていたとなれば、気まずかろう。

「噂に聞いたよ。さすがは禄さんだ」

今度会った時は、それくらいの話に止めておく方が、彼も気楽ではないだろうか。

咄嗟《とっさ》にそう思って声をかけなかったのだが、清次は自分と同じように、禄次郎を熱い目で見ている男がいるのに気付いた。

この男はへどを吐いて倒れている二人よりも貫禄があり、抜け目のなさそうな風情を醸していた。

いずれにせよ、清次の目には禄次郎の腕っ節の強さを見て衝撃を受けた、その筋の者に見えた。

その男だけではなく、この瞬間にも何人もの玄人の男が、禄次郎に興をそそられているのではないかと思えたのだ。

清次の心配を余所《よそ》に、禄次郎とお京はそのまま家へと向かった。

今日はこの後、お夏の居酒屋へ二人で行くつもりであったが、そういう気になれなかった。

その日は真っ直ぐに百姓家へ戻り、近在の百姓から分けてもらった大根の味噌汁などで食事をすませて大人しくしていようと思ったのだが、

「禄次郎さんはおいでで？」

家に着くや、角樽《つのだる》を手にした男がやってきて、応対に出た禄次郎に、

「あっしはこの近くに一家を構えておりやす太鼓の仙蔵《せんぞう》親分の身内の者でございやす……」

と挨拶したかと思うと、

「いやいや、先ほどの喧嘩をお見かけしましたが、目の覚めるような腕っ節の強さに見惚れてしまいましたよ……」

禄次郎の強さを称えた。

「いってえどんなお人だと訊《たず》ね廻ってみりゃあ、こちらで紙屑屋の手伝いなどなさっておいでだとか。まあ、こんなことを言っちゃあお叱りを受けましょうが、禄次郎さんに今の仕事は似合わねえ。あれこれ口を利きますから、一度遊びにきてもらいてえと、親分が……」

とどのつまり、さっそくやくざの親分から腕っ節を買われて、身内にならないかと誘いがきたのである。

禄次郎は当惑した。

「これはまた、ご丁寧なご挨拶、痛み入ります……。ですが、あっしは今の暮らしに満足いたしております。腕っ節が強いと思われたのでしょうが、相手は酔っておりましたし、娘を助けたい一心でただもう夢中でございました。親分さんをお訪ねするなど、とんでもないことでございます。どうぞよろしくお伝えくださいまし……」

ひとまずそう言って帰ってもらった。

邪険にはねつけて喧嘩になってはいけないし、角樽だけは突き返すわけにもいかないのでもらっておいた。

禄次郎が叩き伏せた二人組は、太鼓一家も以前から苦々しく思っていた破落戸《ならずもの》であったそうで、その礼としてなら受け取っておいても好いと思ったのだ。

太鼓一家の身内の者も、禄次郎の強さを知っている。

丁重に断りを入れられて、それを無理押しは出来ないと判断したのであろう。

だが、何かにつけてこの先も訪ねてくるに違いない。

――殴られても、蹴られても、自分の強さを見せるべきではなかった。

禄次郎は後悔した。

それでもお京は、あの頭にくる二人組を地に這《は》わせて助けてくれた禄次郎がありがたく、また誇らしかった。

「わたしがいらぬお節介をしたからこんなことに……」

そして禄次郎に何度も詫びたものだが、話を聞けばお京は何も間違ったことはしていないのだ。

「何も気にするなよ」

と、慰め早々に床に入った。

「お父つぁん、横で寝ていいかい？　何だか眠れなくて……」

お京は興奮が醒《さ》めないのか、その夜は禄次郎に寄り添った。

百姓家は、囲炉裏がある板間の向こうに納戸を兼ねた部屋が二間あり、父娘はそれぞれそこに寝ている。

「おいおい、好い歳をした娘が何を言っているんだよ」

禄次郎は苦笑して窘《たしな》めたが、ちぎれた片袖を縫っていたお京の姿を思い出すと不憫さが募って、

「今日だけだぞ。寝相が悪いのをお前に見られるのは恥ずかしいからな」

そう言うと、自分の手で布団を運んで隣に敷いてやった。

なかなか眠れないのは禄次郎も同じであった。

外は冬の冷たい風が吹き荒れていた。

雨戸を叩く風の音をぼんやりと聞きながら、そういえば九兵衛から紙屑屋を任せても好いと言われたことを、まだお京に話していなかったと溜息をついた。

お京は幸せそうな表情で、既に寝息を立てていた。

五

翌朝。

禄次郎は、お京に家でじっとしているように言うと、朝餉《あさげ》をすませてから紙屑屋へ屑が入った籠《かご》を取りに行った。

昨日の一件は、既に九兵衛の耳にも届いているかと思ったが、九兵衛は禄次郎を見るとほっとした顔となり、喧嘩の一件には触れずに、

「昨日は、太鼓一家の身内の者がきて、あれこれ禄さんについて訊いていったよ」

と、少しからかうように言った。

「そうでしたか……。旦那さん、あっしはそんな誘いには乗っちゃあおりませんの

で、どうぞこのまま、ここで使ってやってくださいまし」

禄次郎は九兵衛の前で手をついた。

「禄さん、わかっていますよ。今、顔を見ただけで、そうと知れました」

「そいつはありがたい……。だが、旦那さんに何か迷惑がかかりませんでしたか？」

禄次郎はそれが気になっていた。

ああいう連中は、紙屑屋に何度も顔を出し、九兵衛が禄次郎を手放さないといけなくなるように仕向けていく、そんな真似《まね》をしかねないのだ。

だが、それについては九兵衛は涼しい顔で、

「迷惑なんてかかっちゃあおりませんよ。禄さんは、不動の親方の口利きで働いてもらっていると言ったら、黙って引き下がりましたよ」

と言った。

「左様で……」

禄次郎の表情に安堵の色が浮かんだ。

目黒においては、龍五郎の息がかかっている者に勝手な真似は出来なかった。

日頃はお夏と居酒屋で口喧嘩ばかりして失笑を買っている龍五郎であるが、この

土地の荒くれ達からは慕われている。

龍五郎に不義理をすると、こういう連中が黙っていない。

太鼓一家は博奕《ばくち》打ちであるから、荒くれ達はお得意でもある。黙って引き下がるしかなかったのだ。

「まあ、腕っ節の強い紙屑屋の親方として、太鼓の親分とも、この先上手《うま》く付合ってくれたら好いってものですよ」

九兵衛はこともなげに言うと、

「不動の親方と、あと二人……。居酒屋の女将と清さんは頼りになりますよ。時折は一杯やりにお行きなさい」

いつもの穏やかな表情そのままに、紙屑の入った籠を禄次郎に預けたのであった。

禄次郎は大きな籠を背に負いながら、ほっと息をついた。

「腕っ節の強い紙屑屋の親方か……」

そのように世間から認められたら、随分と楽に暮らせよう。

とにかく今は黙々と紙屑の選り分けをしていよう。

家に戻ると、お京が手伝い、仕事は調子よく片付いていった。

「お京、九兵衛さんはおれに、紙屑屋をそっくり任すから、引き受けてくれないかと言ってくださっているよ」

ここで言いそびれていた話をすると、

「それはよかったね。お父つぁんはやっぱり、皆に好かれて頼りにされる人なんだよ。この土地で親方と呼ばれる男になっておくれよ」

お京は素直に喜んでくれたが、彼女の瞳の奥には哀しげな光が宿っていた。

それが何ゆえのことか、禄次郎にはわかっていた。

彼女もまた胸の内に禄次郎と同じ屈託を抱え続けているのである。

幸せを摑《つか》むためには、偽りのない自分の姿を他人にさらけ出さねばならないのではなかろうか。

ましてや、自分を信じ、親身になって引き立ててくれる人には――。

親兄弟に、自分がしてきたことを隠して暮らさねばならぬとしたら、それは何よりも不幸であろう。

今、禄次郎とお京にとって、親兄弟といえるのは、不動の龍五郎と紙屑屋の九兵衛である。

だが、哀しいかな二人には、自分達の身を偽った上で世話になっている。打ち明けたところで、いつまでもこの地にはいられないかもしれない。そう思ってついた嘘が、禄次郎とお京の胸を締めつける。

とはいえ、親兄弟ゆえに打ち明け辛いこともある。

人はそんな時、どうするのだ。

きっと親しい友人、頼りになる仲間にまず打ち明けて、上手く親兄弟との間を取りもってもらうようにするのではなかろうか。

それはいったい誰であろう。

紙屑の選り分けが終った時。

禄次郎の頭の中に、居酒屋の清次の顔が浮かんでいた。

「お京、あの居酒屋へ行くかい?」

訊ねると、

「わたしも同じことを考えていたよ」

お京は声を震わせた。

「他に客がいない時分を見はからうか」

「うん、それがいいよ」

「行って、酒の力を借りて、何もかも打ち明けよう」

「そうしよう。話を聞いてもらったらどれだけすっきりとするか……」

「よし、行こう。九兵衛さんのところにまずこいつを届けて、それから一杯やりに行こう」

「わたしも飲んでいいかい？」

「ああ、飲んで楽になるがいいや」

決意を固めると、それだけで気持ちが楽になってきた。

それから夜がふけるのを待って、禄次郎とお京は、お夏の居酒屋を訪ねた。

「おや、こんな時分から二人で？」

いつもは黙って客を迎えるお夏も、さすがに驚きの目を向けた。

「今日はどうしても、飲んで話を聞いてもらいたくなったのですよ」

禄次郎はそう言った。

「おやおや、何を聞かされるのだろうねえ」

お夏はぶっきらぼうな物言いをしたが、目黒不動での喧嘩については、何も触れなかった。

それでも、禄次郎の想いを察したのであろうか、

「お京ちゃんも、もう大人だからねえ」

と、禄次郎が頼むまでもなく二人に酒を供して、冬の夜のこととて、すいとん汁を素早く拵えてくれた。

そうするうちに他の客が帰ると、清次が縄暖簾《なわのれん》をしまって、

「さて、ゆっくりと話を聞かせておくんなせえ」

にこやかに言った。

「ありがたい……」

禄次郎は思わず声を詰まらせた。

初めて会った時から、禄次郎は清次と気が合った。

といってもそれはあくまでも心に感じただけで、龍五郎に引き合わされてから居酒屋へ顔を出すまで随分と時がかかった。

居酒屋で再会したとて、互いに無駄口は叩かぬのが身上で、さして言葉も交わしていなかった。

居酒屋へも足繁く通ったわけでもない。

店の外では、二度ばかりすれ違ったが、

「やあ……」

「こいつはどうも……」

くらいしか話さなかった。

それなのに、清次は昔からの知己のように思えるから不思議だ。

そして藪《やぶ》から棒に、〝話を聞いてもらいたくなった〟と切り出しても、当り前のように受け容れてくれる。

人は四十年ほど生きていると、性質が定まってきて、同じ種類の人間を見分けられるようになるのであろうか。

「あっしも、一度ゆっくりと禄さんと話してみたかったんですよ」

清次は店を仕舞ったので、自らも酒を飲んで、

「といっても、おれと禄さんじゃあ、なかなか話が弾まねえから、女将さんとお京ちゃんがいるのが心強《づえ》え……」

静かに笑みを浮かべた。

「いや、口数が少ない者同士が、どんな風に語り合うのか、こっちは黙って見ていたいよう」

お夏は笑いながら煙管《キセル》で煙草をくゆらせる。

お京は、祈るような目を禄次郎に向けていた。

「本当なら、不動の親方と九兵衛の旦那に、まず話さないといけないことなんだが、おれにとっては誰よりも世話になっている人だけに、かえって話し辛くてねえ」

禄次郎は、燗《かん》のついた酒を呷《あお》ると、絞り出すような声で言った。

お夏は黙って聞いている。

「そいつをおれに話したからといって、上手く親方と九兵衛さんに伝えられるかどうかはわからねえよ。だが、話せばすっきりするなら、こっちも心して聞かせてもらうよ」

清次が実《じつ》のある言葉で応えた。

禄次郎は大きく頷いた。

「おれは目黒へ流れてきて、日々の暮らしを穏やかに送りたいがために、親方と九兵衛の旦那、いや、清さんや女将さんにまで、嘘をついていたんだ」

清次は表情ひとつ変えず聞いている。
嘘をついていたのかもしれないが、今それを打ち明けようとしているのだ。
何もかける言葉はあるまい。こういう時はただ聞いてやれば好いのだ。
お夏も同じ想いであった。
今まで客が去った居酒屋で、どれほど人の打ち明け話を聞いてきたことか。
この居酒屋の二人ほど聞く力を持っている者はいないであろう。
二人に何もかも打ち明けたくなるのは、何よりもただ聞くだけでなく、
「聞いたからには悪いようにはしない」
という気概が、物言わぬ総身から放たれているからに他ならない。
清次はにこやかに禄次郎とお京を見て、ひとつ頷いた。
それを機に、禄次郎はしっかりと前を向いて、自分とお京の過去を語り始めた。

六

「おれの本当の名は平三郎《へいさぶろう》……。だが、もう捨てちまった名だ。禄次郎のままで話

させておくんなさい……」

禄次郎は、常陸国府中の立場にいたというが、実は常陸平潟《ひらかた》にいた。

平潟は、江戸と奥州を結ぶ東廻り海運の寄港地として栄えていた。

諸国からの廻船《かいせん》が、ここで風待ちや日和待ちをするのだ。

湊町《みなと》には洗濯女と称する遊女もいて、盛り場は大いに賑わっていた。

この平潟を取り仕切っていた処《ところ》の顔役が、浦の喜多三《きたぞう》という侠客《きょうかく》であった。

禄次郎の父親は常陸府中の立場で人足をしていたのだが、父親の死と共に彼は平潟に移ってきたのだ。

平潟には一膳飯屋をしている母親の親類がいたのだが、そこで下働きをして息子を育てた母親も、禄次郎が十三の時に亡くなった。

禄次郎も店を手伝ったが、邪険に扱われるうちにぐれて、湊町でやくざ者の使いっ走りなどをするようになり、喜多三の身内となった。

「お前はやさしくて真っ直ぐな男だ。おれはお前にいつか縄張りを預けられたら好いと思っているよ」

喜多三は禄次郎を気に入って、彼が二十五の時に新たに固めの杯を交わし、代貸《だいがし》としたのだ。

腕っ節の強さと度胸のよさ、いつも弱者にやさしい俠気が湊町の荒くれに慕われ、禄次郎は〝代貸の平三郎〟として、喜多三から絶大な信を得るのであった。

しかし、世の中は移り変わる。

そして、やくざの世界では、俠気が薄れ阿漕《あこぎ》な金儲けに走る連中がはびこりがちである。

浦の喜多三が病に臥《ふ》せるようになると、平潟の状況が変わり始めた。

禄次郎の弟分・白河の房太郎《ふさたろう》が乾分を増やして、力をつけ始めたのだ。

房太郎は、浦の喜多三に予《かね》てから不満を抱いていた。

処の顔役として力のある喜多三であるが、湊の人足の仕切りと博奕場の開帳の他は、土地土地の揉めごとを収めて廻る、親しみのある親分に止まっていた。

「昔ながらってえのはもう流行《はや》らねえぜ」

房太郎は、海運が盛んな町であるから、それを上手く利用して、一儲けを企むべきだと歯がゆい想いをしていた。

そして、喜多三が病がちになり、力が衰えてきたのを幸いに、禁制品の取り引きや、女を遠くの盛り場へ売りとばすといった闇の仕事に手を出し始めたのだ。

禄次郎は、弟分の異変に気付いて、

「親分をないがしろにするんじゃあねえぞ」

と、強く叱った。

房太郎は、それに対して、

「兄ィ、すまねえ。少しばかり借金を拵えちまって、ちょっとした抜け荷に手を染めてしまったのさ。兄ィが怒るのは無理もねえが、今度ばかりは見逃しておくんなせえ」

と、素直に詫びた。

拵えた借金は、故郷にいる母親が病に倒れ、まとまった薬代を送ってやったからなのだと弁明したのである。

口から出まかせを言ったのだが、禄次郎はこういう話に弱い。

房太郎の老母は白河にいて、確かにこのところ体調がすぐれないと聞いていたので、素直に己が過ちを認め、詫びを入れられるとこれを信じて、

「これっ切りにするんだぞ。親分には黙っておいてやるからよう」

と、つい許してしまう。

だが、禄次郎の前では殊勝に振舞い、情に訴える房太郎であったが、

「ヘッ、人が好いのも馬鹿のうちよ。あんな男が跡目を継いだら、こっちは死ぬまで古くさい仁義を切っていなけりゃあならねえぜ」

と禄次郎を陰で嘲笑《あざわら》い、目を盗んでは阿漕な裏稼業に手を染めていった。

やくざ者にも種類がある。

貧困や謂《いわ》れのない差別を受け、まっとうに暮らせなくなり渡世に身を置いてしまったが、その後ろめたさを俠気をもって償わんとする者。

そもそもが性根の腐った乱暴者で、力を頼りに己が欲得に生きる者。

この二通りに分かれる。

房太郎は正《まさ》しく後者で、目の上の瘤《こぶ》である禄次郎の追い落しを企んでいたのだ。

そして金のある房太郎に、同類の者が寄り集まってくる。

禄次郎は、代貸として喜多三の穴を埋めんと多忙であったため、房太郎の企みに気付かずにいた。

そして半年前のこと。

廻船問屋での寄合に出た帰り道。

乗っていた駕籠が、いきなり進路を変えて古寺の境内へと入った。

駕籠舁《か》きは駕籠を放置して逃げ去り、禄次郎が外へ出ると四人の男から刃を向けられた。

四人は一様に頬被りをしていたが、夜目にもそ奴らは房太郎に飼い馴らされている喜多三一家の若い衆だとわかった。

「お前ら、おれをどうしようってんだ」

禄次郎が凄むと、四人は気圧《けお》されながらも、

「房太郎兄ィへの義理立てでござんすよ」

との趣旨を述べた。

「何が義理立てだ。金を握らされて犬に成り下がりやがったか」

禄次郎はすべてを察して、絶望を覚えた。

房太郎が未だに怪しいことに手を染めているのではないかとは思っていた。

だが、房太郎は自分に誓いを立てたのだ。

もう少し様子を見てやろうと思ったのがいけなかった。

悪い芽はすぐに摘んでおくべきであったのだ。

禄次郎は怒りにまかせて、ずたずたにされようがこ奴らとやり合おうと思ったが、ここでもやさしさが頭をもたげた。

この四人とて房太郎に従わざるをえない理由があるのかもしれない。

それもこれも代貸である自分が頼りないゆえのことなのだ。

ひとまず房太郎と会ってやろうと思い直したのである。

「よし、連れていけ……」

禄次郎は四人に従った。

四人は禄次郎に目隠しをして、後ろ手に縛った上で駕籠に乗せ、いずれかに連れていった。

やがて着いたところは、潮の香りが漂う静かな家であった。

海辺に立つ料理屋に違いない。

そういえば近頃、房太郎が情婦に海辺で料理屋をさせていると耳にしていた。

奥が住まいになっていて、さらに廊下を辿《たど》ると母屋に続く蔵があるようだ。

重い扉の開閉の音、蔵独特の淀んだ空気でそれと知れた。

目隠しを取られると、そこに房太郎がいた。

見廻すと、薄暗い一室は確かに蔵の中であった。

「房太郎、おれ一人を連れてくるのに、随分と手の込んだことをするじゃあねえか」

禄次郎は低い声で詰《なじ》った。

「兄ィ、すまなかったな。こうでもしねえと、お前は腕っ節が強《つえ》えからなあ」

面と向かうと房太郎も怯《ひる》むらしい。その表情は硬かった。

「お前の魂胆は知れているぜ。親分がもう長くないと見て、おれをさし置いて跡目を継ごうと思っているんだろう」

「ああ、そういうことだ。お前に継がれたら、おれ達乾分は干上がっちまうからよう」

「男伊達《おとこだて》より、金が大事だというのかい」

「当り前だよう。この世の中はなあ、金で買えねえものはないんだ。古くせえ俠客なんてものは、この先流行らねえんだよう」

「そうかい、お前は利口だ。そんなら一思いにおれを殺してしまえば好いだろうよ」

「そうしてえところだが、欲しいものがあるんだよ」

「欲しいもの？」

「お前が親分からもらった、譲り状だよう」

「なるほど、そういうことかい……」

ここ数日で、喜多三はすっかりと衰えた。

もういつ死んでもおかしくない状況が続いていた。

死を覚《さと》った喜多三は、跡目を禄次郎に譲ると一筆認《したた》めていたのである。

房太郎は、所詮今の世は金を握っている者が自ずと人の上に立つと考えているが、禄次郎が、周囲の親分衆から好かれていることもよく理解していた。

喜多三の死後、乾分達の間で跡目争いが起きたとしても、それは一家内のことで、誰に口出しされる謂れはない。

しかし、喜多三が一筆認めたにもかかわらず、力尽くで奪い取ったとなれば、それを理由に禄次郎に肩入れをして、平潟に乗り込んでくる親分衆もいるかもしれない。

後々のためにも、その譲り状だけは禄次郎から奪い取っておきたかったのだ。

「親分がくださった譲り状をおれが持っている限り、お前は枕を高くして眠れねえってわけかい」

どこまでも小心な悪党だと、禄次郎は嘲笑い、

「おれは囚われの身だ。勝手に捜しやがれ」

禄次郎は譲り状をどこにしまってあるか、頑として言わなかった。

「ああそうするよ。だが、見つからなかった時は、どんな手を使ってでも口を割らせてやるから覚悟しな」

房太郎はそう言って蔵から出ていった。

「ふん、跡目なんかくれてやらあ……」

禄次郎は喜多三への恩義で生きてきたが、それは自分が親分の跡目を継ぎたいがためではなかった。

親分亡き後、乾分達が皆欲に走って房太郎に付くというなら、自分はいつでも平潟から出ていってやる。

しかし、喜多三が自分に遺してくれたものを、房太郎にくれてやるのは業腹であ

った。

房太郎の変心と裏切りに薄々気付きながら、こんな目に遭う自分が情けなかったが、譲り状だけは、房太郎に気取られぬように隠してあった。

そしてそれが見つかるまでは、自分の命は無事なのであろう。

禄次郎は後ろ手に縛られたまま床に座らされ、両脇に見張りの乾分が付いていた。

その内の一人は、禄次郎が拾ってやった若い衆であった。

今さらここで説教などしたとて詮無いことだ。無言で睨《にら》みつけただけで時を待った。

禄次郎への畏怖がそうさせたのか、実に縛り方がお粗末で、これなら上手くほどけるのではないかと思われた。

「ちょいと眠らせてもらうぜ」

足は縛られていなかったので、禄次郎は壁にもたれて目を閉じた。

二人はそれを咎《とが》めなかった。

禄次郎は壁にもたれつつ、縄をほどかんと手首を動かした。

いざという時のためにと、若い頃は縄抜けを稽古したものだ。

やがて禄次郎は、

「おい、厠《かわや》へ行かせてくれ」

と、二人に声をかけた。

「そこに壺があるからそれにしな」

若い者の一人が応えた。

「そうかい、そんならおれの褌《ふんどし》を外してくれ」

褌さえ外してくれたら、壺にまたがって用を足すと言うと、一人が渋々傍《そば》へ寄ってきた。

蔵の中は狭い。小便まみれになられると、付いている者は気持ちが悪いものだ。

ところが、若い者が禄次郎に寄った刹那、禄次郎を縛《いまし》めていた縄が、はらりと体から離れて落ちた。

あっと驚く間もなく、傍へ寄った一人は、禄次郎の頭突きを眉間に受けて崩れ落ちた。

「や、野郎……」

慌てたもう一人が長脇差を抜いたが、禄次郎に壺で頭を殴られ昏倒《こんとう》した。

中の物音を聞きつけたか、外で見張っていた者が、そっと扉を開けて中を覗いた。

禄次郎は扉の隙間から、奪った長脇差の刃を突き出しこ奴を刺して扉から出た。

見張りは悶絶《もんぜつ》してその場に倒れた。

だが、そこからどうやって建物の外に出てよいかわからない。

するど下働きの女中らしき若い女がやってきて、

「こちらへ……」

と、小声で禄次郎を庭へと誘った。

娘の顔には見覚えがあった。

以前、二親に死別して、親の借金の形《かた》に連れていかれそうになっていたところを助けてやった、おけいという娘であった。

そういえばその後、

「この娘を、どこかで身の立つようにしてやんな」

と、房太郎に託したのだが、房太郎はおけいを自分の情婦にさせているこの店で使っていたらしい。

「こちらへ……」

おけいは禄次郎を助けようとしていた。

思いつめたような目を見ればわかる。

暗がりの中、二人は裏木戸から外へ出た。

こうなった上は、おけいもここにいるわけにはいかない。二人は一緒に逃げ出したのであった。

七

「その、おけいというのが、あんたかい？」

お夏は、お京を見て言った。

お京は神妙に頷いた。

「房太郎は、おれが預けた娘を、縹緻が好いからと遠くの女郎屋に叩き売ろうとしていたんでさあ」

「それを知って、お前さんは禄さんを助けて、一緒に平潟を出たってわけかい」

清次が続けた。

黙って冷静に話を聞こうとした、お夏と清次であったが、声に怒りが表れていた。

「その譲り状というのは？」

お夏が訊ねた。

「湊の外れの稲荷社の祠《ほこら》に隠してありましてねえ……」

危険ではあったが、脱出した後、まんまとそれを手にして逃げたという。

「そんなものは放っておいてもよかったのですがねえ」

「大事な人の形見だから……」

清次にはその気持ちが痛いほどわかる。

「で、喜多三親分は……」

「風の便りで、それからすぐに亡くなったと知れたよ。おれは、親分が死んだことで何もかも嫌になって旅に出た……。そんな風になっているそうで」

しかし、土地土地に散らばっている喜多三の兄弟分達は、房太郎が出まかせを言っていると責めたという。

喜多三が〝平三郎〟に譲り状を与えたことは一部の親分衆に知れているから、収まらないのだ。

そんなうるさい連中は皆殺しにしてやりたいところであろうが、房太郎にはまだそれだけの力がないゆえ、随分とあがいていることであろう。

「平潟に戻って、仕返しをしてやろうとも思ったが、お京の身が立つまではそれもできねえ……。分別して父娘となって旅を続けるうちに、不動の親方の噂を耳にして、目黒にきて紙屑屋で働かせてもらうことに。そうすると、何やら幸せな心地になってきやがった。房太郎はよく言ったもんだ。何もかも嫌になって旅へ出た……。今のおれが渡世人について心から思うことだ」

「そうかい。それは何よりだよ」

お夏は感慨を込めて言った。

「女将さん、清さん、おれはこの先、まっとうに生きていけるだろうか」

禄次郎は悲痛な声をあげた。

幸せで、まっとうに暮らし、頼りになる人がいる喜びが見えてきた途端、彼は不安と過去の悔恨に襲われたのだ。

お夏と清次は、禄次郎の壮絶な過去を打ち明けられると、さすがにかける言葉がすぐには出てこなかった。

何か訳有りの父娘だとは思っていたし、清次には、禄次郎が目黒不動で破落戸《ならずもの》二人を叩きのめして以来、気になっていたことがあった。

「禄さん……」

お夏が口を開いた。

「あたしと清さんが何と言ったって、お前さんの心配は消えないだろうよ。何といっても、それほど危なくて辛いところを切り抜けてきたんだからさあ」

禄次郎は神妙な面持ちになったが、その表情には幾分赤みがさしてきた。

調子の好い慰めを言わないお夏に、かえって心が癒されたのだ。

「だがひとつ言えるのは、あたしも清さんも、禄さんが好きだねえ。これから先もお前さんを慕う人はいっぱいいるだろうよ。渡世に生きていれば、それがあだになることもあるだろうが、まっとうに生きていこうというなら、皆がお前さんとお京ちゃんを助けてくれるはずさ」

お夏の横で、清次がしっかりと頷いてみせて、

「不動の親方も九兵衛さんも、今の話を聞いて、禄さんへの想いが変わることはねえですよ。そんな方便を使わねえといけなかった二人を気の毒だとは思うだろうが

ねえ……」

と、低い声で言った。

禄次郎はもうその言葉を聞いただけでよかった。

何もかも打ち明けたことで心も体も軽くなり、

「折を見て親方と九兵衛の旦那には、本当のことを話して詫びるつもりだよ。だが、他の皆には、お京が平潟で女郎屋に売られようとしていたとは知られたくはないんだ。おれの実の娘ってことにしておいてはくれねえかい」

そのように話すと、二人で深々と頭を下げて店を出たのである。

「お父つぁん、よかったねえ。誰もお父つぁんを恐がったり、避けようとしない。本当のことを話しても、お父つぁんのことが好きだって……」

百姓家への帰り道。お京は泣きそうになりながら言った。

「ああよかった。皆、おれ達の味方をしてくれるぜ」

「紙屑屋の立派な親方になっておくれよ」

「さて、それはどうだろうな」

「その気がないのかい？」

「いや、そうなりゃあ、こんなありがたいことはないが、房太郎はおれをまだ諦めてはいないはずだ。この町にはずうっといたいが、いつか野郎はおれを見つけてやってくるだろう。そうなれば、こっちも脛《すね》に傷を持つ身だ。お役人に縋《すが》るわけにもいくまい」

「でも、親方にも旦那さんにも、本当のことを打ち明けるのでしょう?」

「ああ、そのつもりだ。きっと親方も旦那も、そんな野郎のことは気にするな、もしきやがったら何とかしてやると、言ってくださるだろう。だが、甘えちゃあいけねえ。房太郎は侮れねえ野郎だ。一度おれを逃がしているから、今度は死に物狂いでおれを捜しているに違いない」

「そんなら、ここにいつまでいるつもり?」

「お前が、お京としてどこかへ嫁いでくれたら、その時がこの目黒との別れだな」

「わたしは、どこかへ嫁ぐの?」

「ああ、おれと別れていれば、お前の身も安泰だ。お前はこれからますます大人の女になって、平潟にいた頃の面影が消えていく。房太郎もお前をわざわざ捜しはしまい」

「わたしは、ずっとお父つぁんと一緒にいたい。それはいけないの？」

「子供のようなことを言うんじゃあないよ。おれとお前は本当の父娘ではないし、お前は不幸せだったが、おれのようにやくざな暮らしに自分から身を置いたわけじゃあねえ。おれは命を助けてくれたお前を幸せにすることで、借りを返したいんだよ」

「誰かに嫁げば、わたしは幸せになるというの？」

「おれとこうして逃げ回っているよりはな」

お夏と清次に何もかも打ち明けて、胸の支《つか》えを取り払った二人であったが、禄次郎の思考の先はお京をこの地に落ち着かせ、火種である自分は折を見て立ち去ることに落ち着いていた。

禄次郎は決意を新たにしたが、お京は生き長らえる望みを得たものの、とれた支えの代わりに言いようのない空しさを覚えていたのである。

そんなかりそめの父娘を送り出した後、お夏と清次は表情を引き締めていた。

秘事を打ち明けられると、禄次郎について心に引っかかっていたことが、ますます大きな胸騒ぎとなって、二人に襲いかかってきたのであった。

お夏と清次は思わず店の外へと出て、小さくなっていく禄次郎とお京の後ろ姿を見つめていた。

「清さん、こいつは心してかからないといけないねえ」

「へい。そのようで……」

八

お夏と清次にすべてを打ち明け、二人からは心強い言葉をかけられた禄次郎とお京であった。

この後は、龍五郎と九兵衛に打ち明ける間合を探り、お京が自分から離れて、一人の女として幸せに暮らしていけるよう、禄次郎は早急に考えるつもりでいた。

とはいえ、龍五郎と九兵衛にどのように話を持っていくかを考えるものの、すぐには妙案が浮かばなかった。

元来心やさしき禄次郎は、やくざ渡世に身を落しはしたが、仲間内であれ敵対する相手であれ、嘘偽りなく生きてきた。

自分を信じてくれている大事な二人に嘘をついていることは、自分自身許せないことであった。

それだけに、なかなか踏ん切りがつかないのだ。

そういうやさしさによる判断の迷いが、房太郎の増長を許し、裏切りを呼んだといえる。

お京はしかし、そういう禄次郎を敬慕していた。

理不尽な借金を背負わされ、女郎屋に売られようとしていた自分を助けてくれた代貸・平三郎のやさしさは身に沁みた。

そして、やさしさゆえに罠に落ちたものの、持ち前の腕っ節で虎口を脱した彼に、どこまでもついていきたいと思い、料理屋から逃げる手引きをしたのだ。

平三郎から禄次郎と名を変え、自分もおけいからお京となり、禄次郎の娘となっての旅は、感慨深いものであった。

危険が迫っていても、これまでの地獄のような暮らしを考えれば、楽しい日々であった。

自分を守ってくれる強くてやさしい男が、父となって傍にいてくれる。何といってもこの身は苦界に沈んではいないのだ。

だが、禄次郎は目黒でお京を落ち着かせ、自分はさらなる旅を続けんとしている。

それが寂しくもあり、不安でもあった。

やさしさが再びあだとはならないか。

禄次郎が思い悩んでいる傍らで、お京も胸を痛めていたのであった。

お夏の居酒屋に行ってから三日目の夜となり、禄次郎は龍五郎と九兵衛に打ち明けた上で、これから自分が歩むべき道についていかに相談するかほぼまとめあげた。

「よし、あとはどこで、誰から話すかだな。いっそ二人を前に話してみるか……」

難しい顔にやっと笑みが浮かんだが、お京はというと思いつめた表情となって、

「お父つぁん、その前にわたしも、お父つぁんに話したいことがあるんだよ」

もうすっかりと、父娘の物言いが身についたのを嚙《か》み締めるように言った。

「おれに話したいこと？　何もそう改まらないでも好いだろう」

自分への恩義を忘れず、危険を承知で裏木戸へ導いてくれたお京の健気さに胸を打たれ、

――この娘に人並の幸せを与えてやろう。己のことはそれから考えよう。

そう思ってここまできた。

今では娘以上の存在になっていた。

「言いたいことがあるならいつでも言えば好いさ。おれはいきなり消えたりしねえよ」

「それはわかっているのだけど……」

「お前にも言い辛いことがあるのだな」

お京がこっくりと頷いて、次の言葉を探した時であった。

禄次郎は家の外に人の気配を覚えた。

「誰かきたのか……」

「そうかもしれない。ちょっと見てみようか」

お京は話の間を取りたかったところであったので、何気なく土間へ下り板戸に手をかけた。

「おい、待て、おれが見る……」

心ここにあらずで、あまりにも無防備なお京を、禄次郎は窘めたが、時既に遅かった。

戸の隙間からお京に突き出された白刃に、彼女は後退《あとずさ》りした。

外から男達が数人、家の中へ雪崩《なだ》れ込んできた。

乾分三人を引き連れた房太郎が、その頭目であった。

「房太郎か……。さすがだな。よくおれを見つけたもんだ……」

禄次郎は慌てず、ゆったりとした口調で対すると、お京に白刃を突きつけている男の顔に茶碗を投げつけ、素早くお京を取り戻し、己が背にして庇《かば》った。

「ほう、兄ィもさすがだなあ。まだ身のこなしは鈍《なま》っちゃあいねえや」

房太郎は嘲笑った。

お京を庇っても長脇差を抜いた三人が、家の隅へと二人をじりじりと追い詰めていた。

「甘いところも変わっちゃあいねえ。ふん、女郎屋にでも叩き売りゃあいくらかになるというのに、その女をどうするつもりだ。娘にして、どこかへ嫁がせてやるとでもいうのかい。ははは、馬鹿な野郎だ」

「お前の能書きなんぞ聞きたかあねえや。ここまできたのは誉めてやるが、何をしにきやがった」

「決まっているだろう。お前が親分からもらった譲り状を取りにきたんだよう。お前のことだ。持っていねえとは言わさねえぞ」

「おれを追い出したのは好いが、世間には認めてもらえずに、譲り状に怯《おび》えていたか。まったくお前らしいや。あんなものはすぐにくれてやらあ。今さら渡世人に戻るつもりもねえや」

「そんなら、譲り状に一筆添えてもらおうか」

「平三郎は房太郎にこの譲り状を託し、親分の跡目を継いでもらう……、そう書けというのかい。まったくだらねえ野郎だなあ」

「やかましいやい！　命までは取らねえから、早く譲り状をここへ出しやがれ！」

房太郎は苛々《いらいら》として吠《ほ》えた。

「渡してはいけないよ！」

お京が大声をあげた。

「渡したら殺される。どうせそのつもりなんでしょ」

「ははは、そうかい。そう思うなら、まずお前を裸にひんむいて、お父つぁんより先に、目の前で殺してやらあ。どうだ平三郎、これでも出さねえか」

房太郎は自らも長脇差を抜いて、乾分達と間を詰めた。

龍五郎が用意してくれたこの百姓家は、住み易くはあったが、人家が周りにないのが難点であった。

すぐには房太郎に見つかるまいと思っていた。それが油断となった。抜け目のない房太郎は、禄次郎の動きを読んでいたのだ。

「お京、お前は何としても逃げろ。いいな……」

この身は引き裂かれようとも、こ奴ら何人か道連れにして、必ずお京は逃がしてやる。

心に決めた時──。

表から新たな者が入ってきたかと思うと、乾分二人が血しぶきをあげて倒れた。

「な、何だお前は……」

薄闇の中、朱鞘《しゅざや》の短刀を手に立っているのは、紫縮緬《ちりめん》の御高祖頭巾《おこそ》を被った年増女であった。

ほのかに麝香《じゃこう》の匂いが家の中に漂った。

その妖しい美しさに、房太郎達のみならず、禄次郎とお京も息を呑んだ。

「あたしかい？　あたしはお前に酷《ひど》い目に遭わされた女達の仕返しをしにきた、閻《えん》魔《ま》の使いさ」

言うや否や、女は房太郎の白刃を払いのけ、その胴を斬ると、土間から上がって残る一人をばっさりと斬り捨てた。

こ奴は、先日禄次郎がお京に絡んだ破落戸《ならずもの》を叩き伏せた時、じっと禄次郎を見つめていた男であった。

そこに居合わせた清次は、見かけぬ男だけに、太鼓一家の乾分ではないと思い、密《ひそ》かにそのあとをつけ、動向を探ったのだ。

すると、こ奴は品川に宿を取り、目黒との間を行き来して誰かを待っているような素振りをしていた。

品川は、お夏が父親のように慕う、香具師《やし》の元締・牛頭《ごず》の五郎蔵《ごろぞう》の息がかかっている。

お夏が、五郎蔵に、こ奴を見ていてもらいたいと頼めば、動向は手に取るようにわかった。

御高祖頭巾の女が、そのお夏であることは言うまでもない。

「お前のような外道が親分になりゃあ、周りの者が迷惑だよう」

お夏は、もだえ苦しむ房太郎に止めを刺すと、

「邪魔したねえ……」

禄次郎とお京に妖しく頬笑むと、すぐに家から立ち去った。

表には太刀《たち》を携えた清次がいて、様子を見ていたが、鮮やかなお夏の手並に、出張るまでもなかったと、共に走り去ったのである。

九

それから数日が経って、禄次郎はお京と二人で駿州《すんしゅう》沼津へと旅立った。

謎の女によって助けられた二人は、それから口入屋の不動の龍五郎の許へ走り、何もかも打ち明けた。

禄次郎は何と言って切り出そうかと迷っていたが、もう迷っている場合ではなかった。

その上で、隠し持っていた譲り状を見せ、房太郎に恨みのある者が現れて、あっ

という間に斬り捨てたのだと話したのであった。

「何か訳があるとは思っていたが、そこまで大変な想いをして、この目黒にやってきたとはなあ……」

龍五郎はいたたまれなかった。

禄次郎は身にひとつも返り血を浴びていないし、いくら何でも家へ侵入してきた四人を返り討ちには出来まい。

龍五郎は処の御用聞きである谷山《たにやま》の小助《こすけ》を訪ねて、後の始末を任せた。

小助の親分である牛町《うしまち》の仁吉《にきち》も、その旦那である同心の濱名《はまな》又七郎《またしちろう》も、妖しい女の腕前に瞠目《どうもく》したが、常陸平潟のやくざの抗争に取り合っている場合ではないと、田舎やくざの内紛として処理してしまった。

禄次郎は、お夏と清次からも信頼を得ていたので、

「このまま、まっとうな道を歩んでおくれ」

と、何のお咎めもなかった。

禄次郎が、お夏と清次にだけは相談したと告げたので、龍五郎は昼間にお夏の居酒屋を借り切って、紙屑屋の九兵衛にいよいよ真実を告げるよう段取りを組んだ。

九兵衛は、

「禄さんには何の責めもないんだ。このまま紙屑屋を手伝ってもらって、ゆくゆくは親方になってもらいたい」

と、変わらぬ想いを伝えたが、龍五郎は禄次郎との別れを惜しみながらも、凄絶な過去が知れただけでなく、何者かが房太郎に復讐をしたとはいえ、四人が百姓家で殺されたのだから、

「やはり、ここには居辛《いづれ》えだろうなあ。ところを変えた方が、禄さんとお京ちゃんのためになるのかもしれねえや」

と、意見を言った。

元より禄次郎も、このまま目黒にはいられないと、頭を下げていた。

九兵衛も名残を惜しみながらも、辛い憂き世に押し潰されていたところ、恐ろしく腕の立つ女の出現で、禄次郎達の命を狙っていた男がこの世からいなくなったのは、正しく天恵であると思って、

「確かに不動の親方の言う通りだねえ」

と、得心した。

禄次郎は濱名又七郎に、浦の喜多三からもらった譲り状を差し出し、この先も渡世人に戻らず、まっとうに生きていくことを誓っていた。

九兵衛は、それならばと、自分の知り人で駿州沼津で古物商をしている男がいて、跡を継ぐ者もないので、雇われで切り盛りしてくれる人がいないか探していたのを思い出し、添え状を持たせて、送り出すことにしたのだ。

古物商は侠気ある男で、禄次郎ならすぐに気に入られて、九兵衛が禄次郎に抱いたのと同じ想いを持つに違いないというのだ。

禄次郎はお京と共に感涙にむせびながら、

「へい、そうさせていただきます。命をかけて、九兵衛の旦那の顔を潰すような真似はいたしませんので、どうかよしなに願います。お京も沼津できっと好い縁に恵まれることと思います」

と、感じ入ってみせたが、

「何を言っているんだい!」

その時、お夏がいつもの調子で叱りつけた。禄次郎にこんな物言いをしたのは初めてであったから、

「婆ァ、何を怒ってやがるんだ」

龍五郎が首を傾《かし》げたが、

「あたしはお京ちゃんの代わりに怒っているんだよう。お京ちゃんはねえ、もうとっくに好い縁に恵まれているんだよ。それに気付かないのかい？　それとも知らないふりをしているのかい？」

「女将さん、そいつはどういうことだい？　清さん、教えておくれよ」

「教えるも何もねえよ。禄さんがお京ちゃんと一緒になりゃあ好いじゃあねえですか」

「何だって……？」

思わずお京の顔を見た禄次郎は、彼女の顔がこれまで見たことがないほどに華やいでいるのに気付いて戸惑った。

朱に染まった表情は、娘ではなく町の女の色香に溢《あふ》れている。

そしてお京は、ここぞとばかりに、

「この先は、お父つぁんではなく、禄次郎さんと呼ばせてください。そしていつまでもお傍に置いてくださいい」

しっかりとした口調で言うと、大きく息をついた。

禄次郎がいつ己が過去を龍五郎と九兵衛に打ち明けようかと思い悩んだのと同じく、お京もまた禄次郎への己が恋情をいかに告げたらよいものかと考えていたのであった。

「女将さん、清さん、恩に着ます」

お京は晴れ晴れとした表情となり、二人に手を合わせた。

「いや、おれは……」

言葉が出ない禄次郎を、

「おれは、お京ちゃんより、随分と歳が上だと言いたいんだろうが、父娘ほど歳が離れた夫婦なんて、何も珍しくはないよ」

お夏がやり込めた。

「ははは！　さすがは婆ァだ！」

龍五郎が高らかに笑った。

「おれもそこまで気が廻らなかったぜ。禄さん、お京ちゃんの幸せを祈るなら、手《て》前《めえ》で幸せにしてやんなよ。どうだい九兵衛さん？」

「ああ、それが何よりだね。いやいや二人の先ゆきがいっぺんに明るくなりましたよ」

居酒屋の中は、困惑する禄次郎を尻目に笑いに包まれたのであった。

そんな禄次郎であったが、旅立ちの日に、彼とお京が並び立つ姿は長年連れ添った夫婦に見えた。

龍五郎と九兵衛と共に、品川台町へ続く辻まで見送ったお夏は、何度も振り返っては頭を下げる二人を眺めながら、

「男と女ってえのはおもしろいねえ。ついこの前までは父娘に見えたのが、今はどう見たって夫婦だ……。清さん……」

「へい」

「どうだい、あんたも若いのをもらったら」

「あっしですかい？　きてがありませんよう」

「そんなことはないよ」

「この歳になると、あの二人のような結び付きがなけりゃあ、踏ん切りがつきませんよ」

「なるほどね。でもちょいと惜しいねえ、清さんと禄さんはこれから杯事をする仲になると思ったのにねえ」

「それより先に、女房と杯事をしちまいましたよ」

ぽつりと清次が言った時、手を振る龍五郎と九兵衛の目から、滝のように涙がこぼれ落ちた。

第二話　明日の夕餉

一

「弥兵衛《やへえ》さん、明日は軍鶏《シャモ》が届くことになっていましてね。ここで鍋にして皆でそれをつつこうと企んでいるんだが、どうです一緒に……」

不動の龍五郎が言った。

〝ここ〟というのは、もちろんお夏の居酒屋である。

知り合いから軍鶏を二羽もらうことになった龍五郎が発案して、

「勝手に手前《てめえ》で捌《さば》いて食えば好いだろう」

「食いきれねえから、皆で食おうと言っているんじゃあねえか。婆ァ、つべこべぬかすんじゃあねえや」

というようなお夏との口喧嘩を経て、居酒屋で軍鶏鍋の宴を開くことになった。

それで、この日、居酒屋に居合わせた弥兵衛を誘ったのだが、

「軍鶏鍋を明日こちらで? ああ、そいつは残念だ。生憎、先約がありましてねえ」

弥兵衛は来られないと言う。

残念だと言いながらも、彼の皺《しわ》んだ顔にはぽっと赤みがさしている。酒のせいだけでもないようだ。

「ああ、そうでしたか。いつものやつで?」

龍五郎は、ニヤリと笑った。弥兵衛の先約が何かすぐに察しがついたのだ。

「はい。その、いつものやつで……」

弥兵衛は少し恥ずかしそうにして頭を掻《か》いた。

お夏はすかさず、

「そいつは何よりですよ。怪しい軍鶏鍋の宴より、余ほど好いってもんだ」

と相《あい》の手を入れて、

「婆ァ! おれの軍鶏にけちをつけやがったら、ただじゃあおかねえぞ!」

と龍五郎を怒らせる。

そして弥兵衛はというと、終始頬笑みながら二人のやり取りを眺めている。

こんな様子もまた、近頃ではお夏の居酒屋の名物となり始めていた。

弥兵衛の〝先約〟とは、息子夫婦と孫との夕餉であった。

芝永井町に、〝小野屋〟という足袋屋がある。

粋筋の者や役者に人気があり、大店《おおだな》というほどではないが、なかなかに繁盛している。

かつて弥兵衛は、その店の主人であった。

腕の好い足袋職人である彼を、女房のおえいが支え、夫婦で〝小野屋〟を足袋屋の名店と世間に認めさせるまでにしたのであった。

しかし、数年前におえいが病に倒れ、帰らぬ人となった後は、店の切り盛りは息子夫婦に任せ、自分は一人の職人として足袋作りに励んだ。

やがて下の娘が嫁ぐと、弥兵衛は、

「どこか静かなところに移り住んで、日々足袋を拵えたり遊山をしたり……、気儘《きまま》な隠居暮らしをしたい」

そう言って、〝小野屋〟を出ることにした。

息子の彦太郎《ひこたろう》は気のやさしい男で、

「親父殿、何もここを出なくったって、気儘な隠居暮らしはできるじゃないですか」

と、引き留めた。

店の裏手に離れ家を建て増ししてもよいし、近くに借家を見つけて、そこを隠居所にすればよいではないかというのだ。

「いや、店はお前に任せたんだ。おれはここにいねえ方が好いのさ。傍にいると、あれこれ口を出したくなるもんだ。それじゃあお前も商いをし辛《づれ》えだろう」

「何を言ってるんだい。わたしはあれこれと口を出してもらいたいと思っているんだよ。まだまだ親父殿の助けがないと、〝小野屋〟は立ちゆきませんからねえ」

「ははは、そう言ってくれるのは嬉しいが、彦太郎、お前は死んだおえいの肩助けをして、〝小野屋〟の商いを落ち着かせてくれた。その間もおれは気難しい職人で、ああだこうだと言ってお前達を困らせたじゃあねえか」

「いや、〝小野屋〟がここまでこられたのは親父殿の足袋へのこだわりがあったたからですよ。わたしは職人より商人を選んだ。だから、足袋のことなんか、まだまだわかっちゃあいない……」

「〝小野屋〟には腕の好い職人が他にもいるよ。店を出たって足袋は拵えるからよう。お前はそれを取りに、時折訪ねてくれたら好いじゃあねえか」

そんなやり取りが続いた後、弥兵衛は己が意志を貫き、店を出たのであった。

弥兵衛は転居先に目黒を選んだ。

芝からはさして遠くなく、かつて女房のおえいが好んで参詣した目黒不動が、ここにはある。

亡き女房・おえいの御霊を弔いつつ、長閑《のどか》な趣のある土地で、足袋作りに没頭する。

それに飽きたら家を出て、目黒不動に参り、風光明媚な風景を楽しむ――。

そういう暮らしを望んだのだ。

権之助坂《ごんのすけざか》下の仕舞屋《しもたや》が、ちょうど空いていると聞きつけ、弥兵衛はここを隠居所と定めた。

父親の固い意志に根負けしたものの、弥兵衛のことが気になる彦太郎は、弥兵衛が不自由な想いをせぬようにと、近所の百姓の女房に、炊事などの下働きに来てもらうよう手配した。

その上で、

「そんなら好きなだけ足袋を拵えてやっておくんなさい。七日に一度、できあがった足袋をもらいに行きますからね」

と、取り決めた。

そして、その日は女房、子供を連れて昼過ぎに弥兵衛の隠宅に出かけ、皆で夕餉をとり、日が暮れる頃に〝小野屋〟へ戻るのを恒例行事にしたのであった。

「彦太郎、おれを寂しがらせねえようにと、気遣ってくれるのは嬉しいが、七日に一度皆でくるなど面倒じゃあねえか。足袋は店の者に取りにこさせれば好いんだよう」

初めのうちは、かえって息子に手間をかけさせてしまったと遠慮をしていた弥兵衛であったが、

「おじいさん、きたよ!」

「今日は、川へつれていっておくれよ。あすこの川には大きなこいがいるんだよ」

訪ねてくるや、まとわりついてくる孫が、七日ごとにたくましくなる様子を見るのが次第に楽しみになってきた。

孫は、弥一郎《やいちろう》が十歳、弥之助《やのすけ》が八歳。

彦太郎が父親の名に因《ちな》んで命名した二人は、共に弥兵衛の子供の頃を彷彿《ほうふつ》させる腕白ぶりで、眺めているだけでほのぼのとする。

彦太郎の嫁はおくにといって、亡妻のおえいのような機敏さはないが、何ごとにもおっとりとしていて、息子によく添ってくれている。

嫁として、おえいが拵えた料理の味付けをしっかりと学び、自分のものにしてくれたのは何よりであった。

七日に一度訪ねてくれる時は、おえいが拵えた思い出の料理を隠宅で出してくれるのがありがたい。

そもそも店を出て目黒に住もうと思ったのは、息子夫婦のすることに、つい口出しをしてしまう自分を省みたからであったが、時には先代主として、己が意見を言いたくなるものだ。

そのあたりも気遣ってくれているのかもしれないが、彦太郎は〝小野屋〟の商いをどうするべきか、来れば必ず訊ねる。

「おれにそんな難しい話はわからねえよ。商いは皆おえいに任せていたからねえ」

はにかみつつ応えると、おえいと励んだ昔が蘇ってきて、元気が出る。

そうして、まだ日の高いうちから息子夫婦と孫とで夕餉をとり、

「日が暮れると帰るのが面倒だ。そろそろ今日もこのあたりで仕舞いにしよう」

日が暮れ始める前に、彦太郎達を芝へ帰して、ごろりと横になる。

もうその日は足袋を拵えるのも止めて、早々と寝てしまうのだ。

足袋作りに追われて暮らしていた頃には、考えられなかったことである。

このゆったりとした幸せは、目黒での隠居暮らしならではのものなのだ。

そうして、次の日からはまた気儘な足袋職人の日々に戻るのだが、さすがに賑やかな夕餉をとった翌日は、祭の後の寂しさに似た切なさに襲われる。

それゆえ、その日の夕餉は、お夏の店でとるようになった。

お夏の店の常連で、

「ああ、根っからの箱入り娘には敵《かな》わないよ……」

と、この毒舌女将さえも唸《うな》らせる、仏具屋〝真光堂〟の後家・お春《はる》が、〝小野屋〟

の足袋を愛用していて、弥兵衛とは以前から顔見知りであった。

その縁で、弥兵衛が目黒に移り住むと聞いた時は喜んで、

「独りだと何かと大変だと思うかもしれませんけどね、お夏さんの居酒屋に行けば、渡る世間に鬼は無しという言葉が身に沁みますよ」

と言って勧めたのである。

職人の気難しさを持ち合わせてはいるが、争いごとは好まぬ弥兵衛は、行ったは好いが毒舌婆ァと揉めるようなことがあっては嫌だと思い、初めはあまり気が進まなかった。

だが、お春の言葉を信じて縄暖簾を潜《くぐ》った日から、外食はお夏の居酒屋だけでると心に誓った。

人との煩《わずら》わしいしがらみを断ち、気儘な隠居暮らしを望む自分には、何よりも心地よい店だとすぐにわかったからだ。

お春の知り人となれば、そのうちに弥兵衛の人となりは自ずと耳に入ってこよう。

そんな割り切りが店を支配し、それでいて、孤独な隠居を軍鶏鍋の宴に、さりげなく誘う気遣いも常連客は見せてくれる。

こちらがぽつりと世間話を始めれば、賑やかに応えてくれるし、疲れて飯だけを食べている時は、

「おや、お疲れのようで……」

と、軽く声をかけるに止める。

息子夫婦が訪ねてきた余韻に浸りつつ、独りに戻った寂しさを忘れるには、真に都合のよい場所となった。

そうして一杯やって店を出る時に、

「明日の夕餉は、ちょいとばかり寂しくなりますねえ」

お夏の少しからかうような言葉に、今のささやかな幸せを嚙み締めるのだ。

近頃では、息子夫婦が訪ねてくる前日にも、胸に湧きあがる興奮を抑えんとして、弥兵衛はお夏の居酒屋に行くようになっていた。

それが、この日のことであった。

二

翌日。

果して弥兵衛の隠宅に、七日ぶりに彦太郎一行がやってきた。

嫁のおくに、孫の弥一郎、弥之助、さらに、足袋職人の善造《ぜんぞう》、女中のおいそを同道してのおとないとなった。

善造は通いの職人で歳は二十八。おいそは古くからいる女中で歳は四十。

いずれも弥兵衛のお気に入りであった。

奇《く》しくもこの日、彦太郎は軍鶏をおいそに持たせてやってきて、

「親父殿、今日は軍鶏を鍋にしてつつきましょう」

と言う。

不動の龍五郎主催の軍鶏鍋の宴には行けなかっただけに、

「ほう、軍鶏かい。そいつはありがたい」

初めから、弥兵衛の顔は緩みっ放しであった。

この日も、弥一郎と弥之助は、近くのこりとり川（目黒川）での水遊びをねだった。

弥兵衛は今日のために、釣竿を用意してあり、彦太郎と孫二人と川釣りを楽しん

だ。

弥兵衛は足袋職人の子に生まれ、ひたすら名人になることを目指して精進してきた。

その暮らしに、遊びはほとんどなかった。

職人仲間と遊里へ繰り出すか、足袋の贔屓《ひいき》の招きで船遊びや相撲見物に出かけるのがよいところであった。

のんびりと釣りなどする気も起こらなかったが、目黒へ来てからは、お夏の居酒屋の常連客達から声をかけられ、それを機に始めてみて、なかなかの腕前となっていた。

夏場は川辺に出かけて水遊びを楽しむ孫二人を眺めていたが、残暑も過ぎ去った今は、釣りが楽しい季節となっていた。

「おじいさんは大したもんだ」

「釣りなんてしたことがなかったよ」

孫二人は大いに喜んで、小鮒《こぶな》などが釣れると無邪気にはしゃいだ。

「やはりここへきて、よかったですねえ」

並んで釣り糸を垂れながら、彦太郎は感慨深げに言った。

彼は弥兵衛が、目黒に一人で移り住むことに合点がいかなかったのだが、店の周囲にいたのでは、こうして釣りなどする機会もなかったのに違いないと思い至ったのだ。

七日に一度訪ねるのは、それだけ店を空けるわけで、父のためとはいえ、商売一筋に生きる彦太郎にとっても大きな決断を伴うものであった。

しかしこうして目黒へ女房子供を連れてきて、父に会うひと時は、彼にとっても心が安まった。

子供達の喜ぶ顔を見ると嬉しくなるし、女房のおくにも、店の雑事から離れられるので楽しそうである。

その間は店を古参の番頭に任せるのだが、実直だけが取り柄の番頭も、一日の責任を負うことで、何やら生き生きとしてきた。

彦太郎、おくに夫婦は、いつも穏やかで滅多に奉公人達をきつく叱りつけたりはしない。

それでも、日の高いうちは主人夫婦が不在であるのは、奉公人達にとっては多少の息抜きになるようだ。

ゆえに、七日に一度の弥兵衛訪問は、〝小野屋〟にとってもためになっている。

この日のように、店から二人ほど目黒に連れてくるのも、奉公人達にとっては励みになっているらしく、

「そのうちに、わたしも何卒お供にお加えください。ご隠居様のお顔が見とうございます……」

と、彦太郎に願い出る者も増えているのだ。

だが、弥兵衛はというと、孫二人が喜ぶ姿を楽しそうに見ている彦太郎に対して、切ない想いが込みあげてくる。

「彦太郎、お前は偉《えれ》えよ」

「え？ 何がです？」

「こうして、父親だけじゃあなく、子供達にもしっかりと向き合っている……」

「大したことをしているつもりはないですがねえ」

「いや、大したもんだ。おれの親父は足袋職人だったが、今も思い出すのは、おれを叱ってばかりのうるせえ姿さ」

弥兵衛は、そんな父親に反発を覚えていて、早く父親を超える職人になりたいとばかり思っていた。

父親を気遣うことなどないままに死別していたし、子供に対しても、

「こんな風に、お前を釣りに連れてきてやったことなど一度もなかったじゃあねえか。それをお前は、こうして親父と倅《せがれ》をいっぺんに楽しませている。だからよう、お前は本当に大したもんだよ」

何気なく川辺に並んで腰をかけ、釣りをしているようだが、これは容易《たやす》く出来るものではない。

弥兵衛はつくづくとそう思えるのであった。

――ほんに好い倅に恵まれたもんだ。

目黒に来てよかった。あのまま店にいて隠居暮らしを送っていたら、彦太郎の立派さがわからないままでいただろう。

「何を言ってるんですよう。親父殿がこういう隠居暮らしを望んだから、わたしだって子供達とこうして釣りが楽しめるというものですよ」

彦太郎は、父の想いを受け止めつつ、

「親父殿こそ大したものです」

と返した。

それは彼の本心であった。

いつまでも店にいて、今まで同様に足袋を拵えていれば、確かに気は楽かもしれないが、もう今は息子の代となったのだ。

何の気兼ねもなく商売に没頭させてやりたい。

そんな考えを持つ老人は多いだろう。だが六十半ばを過ぎて、慣れぬ土地に隠宅を構え、自儘に足袋を拵える暮らしが出来る人などまずいない。

「とどのつまり、わたしも女房も、子供達も店の者達も、皆が親父殿に日のあたるところへ導いてもらっているのですよ」

彦太郎は照れもなく言うのである。

互いにこれまでは言えなかった歯の浮くような言葉も今なら、並んで釣りをしていたなら、すっと口から出る。

涙が出そうになれば、黙って浮子《うき》を見つめていれば間が取れる。

この日もしばし、はしゃぐ子供達を尻目に、黙って釣り糸を垂れる弥兵衛と彦太郎であった。

やがて隠宅から善造が駆けてきて、軍鶏鍋の用意が出来たと告げた。

「そうかい、そんならまずわたしが味見をするとしよう。善さん、子供達を頼むよ」

彦太郎は、善造に自分の釣竿を渡すと、隠宅へと駆けた。

少しは善造にも釣りを楽しませてやろうとの配慮であった。

それと共に、職人の善造に、弥兵衛との触れ合いの場を作ってやろうと考えたのだ。

弥兵衛とて、少しは偉そうにものが言える相手が欲しいはずだ。

「おっと若旦那は二人共、釣りが上手でやすねえ。おれなんて、餌をとられてばかりで、ちっとも釣れねえや」

善造は、弥一郎と弥之助に楽しそうに声をかける。

「善造、相変わらず女もその調子かい？」

弥兵衛も時にはこんな軽口を言う。

「親方、ぐうの音も出ませんや。仰る通り未だにやゝもめ暮らしですよう」

善造は愛敬《あいきよう》のある顔を弥兵衛に向けた。

弥兵衛は、職人達には〝親方〟と呼ばせていた。

「お前が好い足袋を拵えていれば、そのうち餌なんて付けなくても、好い女が寄ってくるさ」

「違《ちげ》えねえや……。ここで親方が拵えなさった足袋を見せてもらっていますが、まだまだ敵いませんや。やはり何ですか？　誰にも邪魔をされず、こんな静かなところで足袋を拵えていると、ますます腕が上がるんでしょうねえ」

少しとぼけたところのある善造であるが、足袋職人としては腕もよく、仕事の話になると、目に強い光が宿る。

弥兵衛はそこが気に入っている。

「いや、ところがな、静かなところで黙々と足袋を拵えたからといって、好い物ができるというわけじゃあねえんだな」

「そうなんですかい？」

「たとえば、おれがお前に、ちょっと見せてみろ、何だこれは……、なんて言って、お前の足袋にけちをつけるだろ」

「けちをつけられたことなんてありませんよ」

「ははは、ここがいけねえ、ここがおかしい、なんて言っていると、そこで手前《てめえ》のできの悪さに気がつくこともあるんだ」

「人のふり見て……ってやつですか？」

「そういうことだ。ここにいれば、おれだけが名人だ。それじゃあ腕が上がらねえ。お前が傍にいりゃあ、〝親方、そいつは好い仕上がりですねえ〟なんて言ってくれるから好い気になっていられるが、ここじゃあこれでよかったのか、っていつも不安になる」

「でも、不安になるから、一層気が抜けなくなるんでしょうねえ」

「ははは、お前もわかってきたじゃあねえか。その通りだよ。一人で足袋拵えていりゃあ気楽だと思ったが、実のところはそうじゃあなかったってことだな……」

こんな話をしていると、弥兵衛の体の内で職人としての血が沸き立ってくる。

切れてしまった行灯《あんどん》の油を足さねばならないように、こういうちょっとした会話が、老いた身を若返らせるのだ。

善造をこの場に置いていってくれた彦太郎の気遣いが、弥兵衛には嬉しかった。

そして、隠宅に戻って夕餉をとる。

腕白な孫二人を連れて帰るのは、なかなかに骨が折れるが、その分、腹が減って食事が楽しい。

軍鶏鍋は、醬油、酒で濃いめの出汁《だし》を拵え、葱、焼豆腐、こんにゃくを千切って入れ、そこに軍鶏の肉を加える。

少し歯ごたえのある肉は、さっぱりとした味わいで、酒が進んだ。

亡妻のおえいは料理上手であったが、軍鶏は捌けず、女中のおいそに任せていた。

それゆえ、今日のお供に選ばれて、おいそは大いに張り切っていた。

彦太郎は、軍鶏鍋に舌鼓を打ったが、弥兵衛に酒を勧めながらも自分は控えめにして、乱れることなく〝小野屋〟の現状を報告する。

「店がどうなっているか、おれが聞いたところで〝ああそうか、しっかりと頼んだよ〟くれえしか応えられねえよ」

それが弥兵衛の決まり文句であるとわかっている。

しかし、そう告げる時の父親の嬉しそうな顔を見ると心が落ち着くのである。

――彦太郎は誰に似やがったんだ。

まったく親孝行な息子だと感じ入り、〝お義父《と》っさん〟と、ゆったりとした立居振舞で世話をしてくれるおくにを、

「ありがとうよ、お前は好い嫁だ。店と倅を頼んだよ」

弥兵衛は、これもまた決まりの文句で労《いたわ》り、やがて好い調子になってごろりと横になる。

「親父殿……、お父つぁん、風邪をひくよ」

「大旦那様……」

「親方……」

「おじいさん……」

うつらうつらとするうちに、そんな自分を呼ぶ声が子守唄のように遠く聞こえてきて、やがて寝入ってしまう。

気がつけば布団がかけられていて、辺りはすっかりと夜の色に染められている。頃合を見はからって、いつも飯を炊きに来てくれる百姓の女房が顔を出し、行灯の明かりを入れ、

「お帰りになりましたよ」

と、告げる。

無口で素っ気ない中年女だが、この時はいつも愛想がよい。

帰り際に彦太郎が、

「一刻（約二時間）くらいしたら覗いてやってください」

と、女房を訪ね、祝儀のひとつも渡しているらしい。

「ご苦労さん……」

女房を帰すと、枕元には小腹が空くだろうと握り飯が置かれている。

こうして恒例の息子夫婦ととる七日に一度の夕餉は終るのだ。

三

翌夕。

弥兵衛は、いつものようにお夏の居酒屋へ出かけた。

昨日、息子夫婦が訪ねてきたことは、不動の龍五郎を始めとする、常連客達には知られているので、何やら照れくさいものだが、

「孫二人は、また大きくなっていましたかい？」

「息子夫婦が、忘れずにいつも弥兵衛さんの家に飯を食いにくる……。ありがたいことだねえ……」

しつこくない程度に、こんな言葉をかけられて、嫌な気はしない。

「親をだしにして、女房子供と遊びにきているってところですよ」

などと、応えるうちに、昨日の様子がひとつひとつ思い出されて、思わず頬が緩む。

隠居の身となれば、こうしてさりげなく、息子自慢をしたくなるものだ。

今日は居酒屋に来るまでに、足袋作りに精が出た。

彦太郎と善造は、

「さすがに好い仕上がりですよ」

と言って、弥兵衛が仕上げた足袋を持ち帰った。

お愛想が半分かもしれないが、

――次に来た時はもっと唸らせてやる。

という気になっていた。

その気負いを鎮めて、また明日からの五日は、ゆったりとした心地で足袋作りに励む。

弥兵衛は、お夏の居酒屋でその間合をとるのであった。

沙魚の煮付、里芋の煮物で軽く一杯やって龍五郎達と静かに語らい、香の物と豆腐の味噌汁で飯をすませると、弥兵衛は早々と隠宅へ帰っていった。

この日は、弥兵衛が来るであろうと、〝真光堂〟の後家・お春も顔を出していた。

弥兵衛の息子夫婦との団欒《だんらん》について、誰よりも興をそそられ、弥兵衛の言葉にいちいち相槌を打っていたのだが、

「息子夫婦と別れて一人で暮らすか……。それも好いわねえ」

弥兵衛が帰ってから、しきりに呟いていた。

お春も〝真光堂〟での立場は、弥兵衛と似ていた。

先代が亡くなってからは、跡を継いだ息子の徳之助《とくのすけ》の後見を務めたが、二年くらい経つと、なかなかしっかりとしてきたので、気楽な後家暮らしを始めた。

ところが、徳之助も近頃は父に去られた時の緊張が薄れたか、今ひとつ家業に身が入っていないように思える。

この夏には、徳之助が安請け合いをして雇った女中が盗人《ぬすっと》の一味で、危うく店が襲われるところとなった。

それ以来、徳之助は道楽も控えて、またしっかりとしてきたように見えるが、

――この際、わたしが店を出た方が、もっと気持ちが張り詰めるかもしれない。

そのようにも思えてきた。

傍にいると、悪いところばかりが見えてくるものだ。

七日に一度会って話をするくらいの方が、自分の心も安まるであろう。

お春の心の動きが、件《くだん》の呟きを生んでいることは、お夏の目にも明らかだ。

「お春さんも、いっそ離れて住んだらどうだい」

と、からかうように言ったものだが、お春は真顔で、

「でもねえ、うちの息子は弥兵衛さんのところの彦太郎さんと違って、わたしが家を出たら、これ幸いと喜んで、七日に一度どころか、月に一度も顔を出さないかもしれない。こっちはそれで構わないけど、何だか悔しいじゃあないの」

と、溜息をついた。

「月に一度ってこたあありませんよう」

龍五郎が言った。

「徳之助の旦那は、なかなかに親想いだ。七日に一度と言っておかねえと、毎日のように訪ねてくるかもしれませんぜ」

「親方、それは買い被りすぎだわ。徳之助は忘れっぽいから、七日後といえば十日後に、そのうち一月《ひとつき》経って、〝ああ、そろそろ行かないといけなかったんだ〟なんてことになるに決まっているわよ」

「いやいや、うんと遠くに行っちまえば、なかなか会いにも行けねえだろうが、小半刻(約三十分)も歩けば着くところなら、気になって訪ねてきますぜ」

「そうかしら……。だったら好いわねえ」

「おれも弥兵衛さんが羨ましいや。うちは一人娘で、嫁いじまったとなりゃあ、今だって月に一度顔を見せれば好い方だからねえ」

お春に続いて、龍五郎も溜息をついた。

お夏はニヤリと笑って、

「親方も、今の家を出りゃあ、娘夫婦もしばらくは七日ごとにきてくれるさ」

「婆ァ、嬉しいことを言うじゃあねえか。しばらくは七日ごとにきてくれるかい？」

「ああ、初七日に二《ふた》七日に三《み》七日……」

「婆ァ！　勝手におれを殺すんじゃあねえや！」

そこからまた二人の口喧嘩が始まったが、

「やっぱりわたしには弥兵衛さんの真似はできないわ」

そんな騒ぎには我関せずのお春がぽつりと言って、居酒屋は静かになった。

いつもおっとりとしたお春ではあるが、商家に生まれ、商家に嫁ぎ、色んな人の生き方を見つめてきた彼女の言葉には、惹き付けられる味わいがある。

「弥兵衛さんには、足袋を拵えるという仕事がありますからねえ。弥兵衛さんの足袋でないといけないという、わたしのようなお客がいて、〝小野屋〟さんと弥兵衛さんは繋がっている。わたしは店を出てもすることがないから、とどのつまり、お夏さんの店に入り浸るしかないもの。いくらこの店が居心地よくても、そんなわけにはいきませんよ」

「あたしも追い出すでしょうねえ」

「そうなるでしょ。だから、羨ましがっているしかないのよね」

「ひとつのことに身を入れて、気がついたら日が暮れている……。そんな職人でねえと、独りの刻を楽しんだりできねえか……。ははは、そうでやすねえ」

龍五郎も頷いて、

一見気楽に見えても、弥兵衛の暮らしは誰にでも真似が出来るものではないのだ。

それを思い知ると、お春も龍五郎も何やら心の内がすっきりとしたのか、晴れ晴れとした表情となり、

「でも弥兵衛さんも、明日の夕餉は寂しくなるでしょうね」

と、いつもお夏が弥兵衛にかける言葉を、お春が負け惜しみを言うように口にして、

「まったくでさあ」

龍五郎が大きく相槌を打って、それぞれ店を出たのであった。

そうして、やがてまた弥兵衛の隠宅を、彦太郎夫婦が訪ねてくるのだが、この親子、孫によるほのぼのとした夕餉に、ちょっとした波風が立つことになる。

四

　弥兵衛はその五日後に、お夏の居酒屋へやってきて、いつものように、息子夫婦が訪ねてくる興奮を抑えんと、常連客達と一言二言言葉を交わして帰っていった。

　そしてその翌日、息子夫婦との夕餉に、思いもかけぬ客が現れた。

　それは、久しぶりの再会となった、娘のお妙《たえ》であった。

「お父《と》っさん、達者そうで何よりでしたよ」

　お妙は隠宅を訪ねてくるや、弥兵衛に人懐っこい笑顔を向けてきた。

「お妙……。いきなり訪ねてくる奴があるかい」

　叱りつけたものの、弥兵衛の表情は華やいでいた。

　温厚な彦太郎と違って、お妙は子供の頃から快活でいつも弥兵衛の傍に引っ付いて、足袋を拵える姿を眺めていた。

　利口そうなはっきりとした目。瞳は黒々と冴え、整った顔立ちの縹緻よし。

　弥兵衛には自慢の娘であった。

　稽古ごとをさせるとどれも上達が早く、方々から嫁に請われたものだが、なかなか首を縦に振らなかったのも、弥兵衛を強く慕い、母亡き後の父を案じたゆえだ。

「おれのことは心配はいらねえから、どこへでも嫁いだらいいや。嫁いだらしばらくの間は、帰ってくるんじゃあねえぞ」

弥兵衛は愛娘にそのように言い聞かせ、お妙は一年前に、京橋の足袋屋〝福松屋〟に嫁いだのである。

その後は、弥兵衛の言いつけ通り婚家で、夫の忠兵衛《ちゅうべえ》を支え、足袋屋の嫁として立派に過ごしていたのだが、さすがに弥兵衛が隠宅を構え、そこへ移ると聞いた時は、

「お父っさん、大丈夫なのですか？」

と、心配して、目黒へ忠兵衛と共に訪ねてきた。

その時もまた弥兵衛は、

「おれは大丈夫だよ。いちいち心配していると〝福松屋〟さんにご迷惑がかかっちまうじゃあねえか」

と、忠兵衛を気遣い、諭したものだ。

とはいえ、お妙と会うのは一年ぶりであるから、

――お妙も、どうしているかと、案じてくれていたのだろう。

会いたくなくて来るなと言ったわけではないのだ。

　弥兵衛の表情が華やぐのも無理はない。

「お店《たな》の方は好いのかい？」

「好いんですよう。旦那様も、たまにはお父っさんを訪ねるようにと、勧めてくれているのでね」

「そうかい。そんなら好いんだがな」

「今日は、芝の兄さん達もくるのでしょう？」

「ああ、よく知っているな」

「知っていますよう。七日に一度、皆で訪ねてくるのでしょう」

「ああ、おれがここで拵えた足袋を引き取りがてら、飯を一緒に……」

「今日は、わたしも一緒に食べさせていただきますよ。久しぶりに兄さんとも会いたいしね」

「そいつは好いが、お前、お店の方は……」

「だから好いんですよう。今日はここへ泊まっていきますからね」

　奉公人も連れずに、一人でふらりとやってきて、泊まっていくというのも困ったことだと弥兵衛は思ったが、お妙の亭主の忠兵衛も心やさしい男である。

「たまにはそうしてあげなさい」

と、勧めてくれたのであろう。

もっとも、〝福松屋〟も先代とその妻は既に亡くなっていて、忠兵衛も、気が強くしっかり者であるお妙にこうと言われれば、黙って送り出してやるしかなかったのかもしれない。

「まあ、上がってゆっくりとしていけば好いさ」

ひとまずお妙を家に上げて、目黒での快適な暮らしについて一通り語ってやった。

お妙は自分の話はせずに、弥兵衛の話にいちいち相槌を打って、

「お父っさんの性に合っているわねえ。ここへきてよかったんですよ」

と、喜んでくれた。

そうするうちに、この日もまた、彦太郎、おくに夫婦が、弥一郎、弥之助を連れて隠宅へやってきた。

供の職人と女中は、先日と同じ善造とおいそであった。

あの折、弥兵衛はこの二人と話し足りなかったようで、再びのおとないとなったのだ。

しかし、〝小野屋〟の面々は、弥兵衛の隠宅に、お妙がいるのに驚いた。

「お妙……」

彦太郎が目を丸くすると、

「兄さん、お義姉《ねえ》さんもお久しぶりですねえ。うちの旦那様が、たまにはお父っさんの顔を見に行けば好いと言ってくれてね。いけなかったかしら」

お妙は、おっとりとした彦太郎の返事を待ち切れないという風に、はきはきと伝えた。

「いや、いけなくはないさ。ここへこられたのなら何よりだ。久しぶりに父子三人、顔を合わすことができたんだからねえ」

彦太郎はゆったりとした口調で応えた。

弥兵衛の表情が、お妙の出現でいつも以上に華やいでいるのは、誰の目にも明らかである。

これでまた父親が喜んでくれるのなら何よりだと、心やさしい彦太郎は、素直に思ったのだ。

彦太郎にとっては、歳の離れた妹だけに、かわいくもあった。

「そうよね。兄さんはきっと喜んでくれると思ったわ」

お妙は明るく応えると、

「弥一郎、弥之助、大きくなったわねえ。叔母さんを覚えている？　ここへきたらいつも何をしているの？　お爺《じい》さんと釣りに行くの？　そしたら叔母さんも一緒に連れていっておくれよ」

子供達に声をかけた。

腕白盛りの弥一郎と弥之助は、

「おばさん、連れていってあげるよ」

「おじいさん、いこうよ！」

隠宅に着いたばかりというのに、勝手知ったる家から釣道具を持ち出し、弥兵衛とお妙の手を引いて、川へと駆けて行った。

子供二人にとっては、二親である彦太郎とおくにには、物静かで、いつも穏やかなので、お妙のような勢いの好い若い叔母といるのが楽しいようだ。

実際、お妙は腕白二人を引き連れ、釣竿を手に方々駆け廻り、

「お父っさん！　こっちの方がよく釣れるみたいですよ！」

と、誰よりもはしゃいだ。

仕事一筋で、娘相手に遊んだことは、息子の彦太郎同様、ほとんどなかったが、お妙は子供の頃、

「お父っさん、お父っさん……」

と、ことあるごとに、自分の方から寄ってきた。

歳をとってからの娘であったから、彦太郎と違って、弥兵衛はお妙には甘いところがあった。

お妙はそういう父を見透かしていた節がある。

男より女の方が、心の成熟が早いゆえであろうが、今や一人の大人として対する彦太郎と比べると、無邪気に迫ってくる娘のお妙がかわいくて仕方がなかった。

この日ばかりは、彦太郎と職人の善造の出る幕はなかった。

お妙がまだ幼い頃、

「お前は男に生まれてきたらおもしろかったのになあ」

弥兵衛はよく言っていた。

男勝りで、身が軽く、何をしても呑み込みが早かったからだが、釣りなどほとん

どしたことがなかったはずなのに、この日、お妙は誰よりもよく川魚を釣りあげた。

そして、弥一郎、弥之助をすっかり乾分のようにして引き連れ、

「お父っさん、目黒へきてよかったわねえ。わたし、また釣りをしたくなったわ」

弥兵衛に寄り添って、お妙は意気揚々と隠宅へと帰ってきた。

その間、彦太郎は善造とあれこれ仕事の話をして、おくにとおいそは野菜の煮染《にしめ》、餡掛《あんかけ》豆腐、甘鯛の塩焼き、蜆汁《しじみじる》などを拵えていた。

「あら、お義姉さん、おいそさん、すみませんねえ、お手伝いもしないで。まあ、わたしが台所に立っても邪魔になるだけですからねえ。好いわねえ、こんなに上手に料理ができる人は……」

お妙は、詫びつつ、誉めつつ、夕餉の相伴に与《あずか》っていた。

お妙が生まれてからは、〝小野屋〟の足袋は人に知られるものとなり、店の構えも大きくなった。

弥兵衛も亡妻のおえいも、少しは成り上がった心地よさを味わいたくて、お妙を箱入り娘に育てたきらいがあった。

それゆえ、お妙は女中に傅《かしず》かれ、水仕事などもせず、自ら台所に立つことも少ない暮らしを送ってきた。

〝福松屋〟へ嫁いでからも同様で、

「わたしは、どうもお料理が不得手で困ります」

という言葉も身についていた。

「ああ、おいしいわ……！　うちではこんなおいしいものがなかなか食べられないのが困りものでね。ふふふ、わたしが料理下手だから、文句は言えないけどね」

兄嫁と実家の女中に夕餉を作らせておいて、悪びれもせず、〝おいしい〟を繰り返すお妙は、それもまた憎めぬ愛嬌があり、

「お妙がいると、賑やかになって仕方がないよ……」

弥兵衛を失笑させていた。

その場の皆も、お妙の快活な魅力に圧倒されて、夕餉のひと時は過ぎていった。

弥兵衛と弥一郎、弥之助は大いに笑ったし、善造とおいそは、久しぶりにお妙と会えたのが嬉しくて、彼女の話に聞き入った。

おくにはいささか当惑していたが、気立てのよいこの嫁は、皆が楽しんでいるの

なら何よりだと思って、穏やかに笑って見ていた。

しかし、彦太郎だけは心からこの夕餉の宴に馴染めぬ引っかかりを覚え始めていた。

妹の突然の登場が、この先何か弥兵衛を落ち着かなくさせるのではないか——。

漠然とした胸騒ぎと、言いようのないやるせなさに襲われたのである。

五

息子夫婦が訪ねてきた翌日は、必ずお夏の居酒屋で夕餉をすませ、

「明日の夕餉が寂しくなりますねえ」

と、お夏に送り出される弥兵衛であったが、その日、彼は珍しく店へやってこなかった。

「何だ、今日はこねえんだなあ」

不動の龍五郎を筆頭に、居酒屋の常連客は少し物足りなそうにしていたが、

「そうやって、手ぐすね引いて待っていられると、弥兵衛さんもき辛くなるのさ」

お夏に詰られて、己が話の種のなさに気付き、頭を掻いたものだ。

しかし、その次の夕餉の前日と、翌日もまた、弥兵衛はお夏の居酒屋に姿を見せなかった。

こうなると、隠居の一人暮らしだけに、

「どこか具合でも悪いのかねえ」

などという声もあがった。

だがそれも、

「弥兵衛さんには、しっかりとしたやさしい息子がついているんだよ。そうっとしておけばいいんだよ」

と、お夏に言われてすぐに止んだ。

立派な足袋屋を出て、一人で足袋作りに励む職人である。その辺の隠居と違って、色々と思うところもあるのに違いない。

皆はそのように納得したのである。

だが、弥兵衛が居酒屋に姿を見せなくなって、十日ばかり過ぎた折。

店に〝小野屋〟の当主・彦太郎がふらりと現れた。

昼時が終り、日の暮れにはまだ間のある頃合で、ちょうど客が途絶えていた。

彦太郎が、常連客がいる時分を避けたのは明らかであった。

「おや、これはお珍しい……」

お夏と清次は、にこやかに彦太郎を店に迎えた。

二人は既に何度か彦太郎とは、顔を合わせている。

彦太郎は何ごとにも如才無く、弥兵衛の隠宅におさんどんに出向いてくれる、百姓の女房にも気遣いを忘れなかったし、

「いつもうちの親父殿がお世話になっているようで……」

と、居酒屋にも顔を出していた。

その際は、お夏と清次に足袋を持参したものだが、寸法を訊ねられたわけでもないのに、二人の足にぴたりと合っていた。

それだけ、父親に対する思慕が強いのだと、お夏と清次を唸らせたわけだが、近頃弥兵衛が店に姿を現していないだけに、彦太郎のおとないは、二人の胸の内を騒がせた。

「このところ弥兵衛さんがお見えにならないと思っていたら、旦那さんがきてくだ

さいましたよ」

お夏はまずそう言って、彦太郎の様子を窺った。

彼の表情や挙動に大きな緊張は見えないので、弥兵衛の体に異変があったわけではないようだが、まず彦太郎にはさりげなく、弥兵衛がこのところ店に来ていないと伝えておいたのだ。

「そうでしたか、やはりこちらにはきておりませんでしたか……」

彦太郎は、さもありなんという顔をした。

お夏と清次は、何かあったようだと察したが、

「こんな騒がしい店ですからね、ご隠居さんくらいになると、そういつもきていられませんよ」

さらりと受け流した。

「いえ、親父殿はここで一杯やるのを楽しみにしていましたから、あれこれと忙しくしているのでしょう」

彦太郎は、居酒屋を覗けばあれこれ父親のことを訊かれるのではないかと思っていたが、

――やはり親父殿が言った通りだ。

と感じ入り、ほっと息をついた。

弥兵衛は常々、彦太郎に、

「お前も心の内に灰汁《あく》が溜まったら、お夏さんの居酒屋で一杯やりゃあ好いぜ。一人で飲んでいても寂しかねえし、あれこれ訊ねられる煩わしさもねえ。一杯飲んでいるうちに灰汁は消えちまうって寸法だ」

と、この居酒屋を勧めていた。

それが、まさかそう言っていた弥兵衛に対する心配で溜まった灰汁を、吐き出すことになるとは思わなかったが、

「その忙しくしているというのが、わたしには、ちょっとばかり引っかかっているのですがね。とにかく一杯いただきましょう」

彦太郎は、ひとまず酒を注文した。

「燗はぬるめにしておきましょうか？」

「そうですねえ」

「肴《さかな》は、あるものでご勘弁を」

「何だって好いですよ。まだ日が高いうちですから、湯呑みできゅっといただいて、とっとと帰りましょう」

そんなやり取りをするうちに、彦太郎はすっかりと心地よくなってきた。

ぬるめの燗酒に、肴は油揚げを炙《あぶ》って、一寸角くらいに切ったのが出た。

ぱりっとした歯ごたえが、軽く一杯飲むあてにはちょうどよい。

湯呑みできゅっと一杯飲んで帰るつもりであったが、心地よさに三杯飲んだ。

その間に彼は、このところ弥兵衛が居酒屋に来なかった理由を、お夏と清次に伝えたものだ。

わざわざ話すことではないのだが、父親は日頃一人で目黒に暮らしている。

何かの折に頼りになる相手には、知らせておく方がよいと、思慮深い彦太郎は考えたのだが、話すうちに自分の心の内が軽くなってきたのがおもしろかった。

「先だって、お妙という、わたしの妹が夕餉の席に現れまして……」

彦太郎は、お妙が訪ねてきた日の様子を一通り語って、

「親父殿は、いたって機嫌がよくてねえ。口では嫁いだ先に申し訳がない、なんて言っていましたが、つまるところは娘がかわいくて堪らないのでしょう」

少し切な気に言った。

父親を喜ばせようと思って、お妙も顔を出したのだ。

手放しに喜びたいところだが、七日ごとに店を空けて、献身的に父親を気遣ってきた彦太郎にとってはそうもいかない。

彦太郎が、七日に一度父を訪ねていることを知っていたのなら、自分にだけは断りを入れるべきであろう。次第にそんな想いが湧いてきた。

お妙の食べる分くらいはどうとでもなるというものだが、いきなり現れて当り前のように相伴するのは、いささか面《つら》の皮が厚過ぎる。

隠居して以来、弥兵衛への孝養を積んできたが、その長きに亘《わた》っての努力も、ふらりとやってきたお妙にさらわれてしまうのは、どうにもやり切れない——。

とはいえお夏と清次相手に愚痴を言うのはみっともないと、

「つまるところは娘がかわいくて堪らないのでしょう」

と言うだけに止めたが、これを聞いたお夏は、

「ふふふ、男親というのは、そういうところがいい加減なものですからねえ」

と、笑いとばし、

「娘かわいさに、みっともなかったと、弥兵衛さんは、心の中で旦那さんに手を合わせているでしょうよ」

さらりと応えた。

これが、彦太郎の胸の内を随分と楽にしてくれた。

そして、それと共に、ぬるめの燗酒のほろ酔いに浮かれて、

「まあ、親父殿が機嫌よくしてくれるのなら、何よりなのですがねえ。それからは、わたしが訪ねる合間を見はからって、妹はちょくちょくと、親父殿を訪ねているみたいなのですよ。愛嬌があって、人に好かれる女なのですが、勝気で気儘なところがありましてね。嫁ぎ先で、何かやらかしたのではないかと、今はそれが心配で……。ははは、こんなことを言っていると、〝お前はいつも人の心配をしているが、まず手前《てめえ》の足元を見ろ〟などと親父殿に叱られてしまいますが」

彦太郎にしてはよく喋り、すっきりとした表情となって、初めの言葉通り、とっとと帰っていった。

「やさしい、好い息子さんだ……」

清次は湯呑みと皿を片付けると、ひとつ頷いてみせた。

お夏はふっと笑って、

「あたしは一人娘だったから、よかったのかもしれないねえ。兄がいれば、彦太郎さんより、もっと気を揉ましていただろうよ」

時を昔に戻した。

お夏の父・相模屋長右衛門《さがみやちようえもん》は男伊達の人で、恋女房を無法な旗本に殺されてからは、その仇《かたき》を討ち、〝魂風《たまかぜ》一家〟を束ね、悪人達の蔵を荒らしまくった。

お夏も清次もこれに身を投じたのだが、お夏に兄弟がいたら、長右衛門はどうしたであろう。

武芸はもっぱら息子に仕込み、娘のお夏はただただ甘やかして育てたかもしれない。

「きっと、気を揉ましていたでしょうよ」

お夏の胸の内がわかる清次は、にこやかに言ったが、

「とはいっても、女将さんは、親兄弟に心配をかけるようなことはしなかったでしょうよ。弥兵衛さんの娘が、ちょいと気になりますねえ」

すぐに、お妙に想いを馳せた。

このところ、弥兵衛がお夏の居酒屋に顔を見せなかったのは、娘のお妙が隠宅を度々訪ねていたからであったようだ。

久しぶりに訪ねてみると、父が恋しくなり、日々年老いる身が案じられ、もっと訪ねようと思い立ったのかもしれない。

だが、お妙は、子供の頃から父親べったりであったそうな。

それがいきなり訪ねてきてから、度々やってくるというのは、何か悩みを聞いてもらいたいのではなかろうか。

しかしなかなか言い出せない。

言い出せないが、父親がおとないを喜んでくれると、何とはなしに気が紛れるので、また訪ねる。

その繰り返しに陥っているのではなかろうか――。

「清さん、確かに気になるねえ」

人も羨む隠居暮らし。

老境に至って、己が生きる意味と価値を見出した弥兵衛が、嫁いだ娘のことで頭を悩まさねばならないのは何とも気の毒である。

職人気質の弥兵衛とて、娘の度重なるおとないに何か異変を覚えているだろう。もしかすると、もうその悩みは、弥兵衛のものになっているのかもしれない。

「といっても、人のうちのことだからねえ」

気にはなるが放っておけばよいと思いながらも、お夏のこめかみに貼り付いた膏《こう》薬《やく》は、忙《せわ》しなく動いていたのである。

六

果してお夏の人助けとお節介の虫は、彼女をじっとさせておかなかった。

自分もまた父親べったりで、父の人助けを手伝い嫁にも行かなかったお夏は、老人の難儀を見ると放っておけなくなるのだ。

それでも、彦太郎がふと漏らした妹に対するやり切れなさを受け止めて、

「娘さんがどうかしたのですか？」

などと訊ねるのはあまりにもお人よしの馬鹿のようで、憚《はばか》られた。

ここは、弥兵衛に自分から話をしてもらわねば、動きようがない。

それで、彦太郎が店に来た翌日、弥兵衛の隠宅へ、

「近くまできたので、そういえばどうなさっているのかと思いましてねえ」

と、立ち寄ってみた。

弥兵衛は黙然として、足袋を拵えていたのだが、お夏の顔を見ると大喜びで、

「こいつは女将さん、ご無沙汰続きで、ひょっとして死んじまったんじゃあねえか、なんて思われちまっていましたかねえ」

と、顔を皺だらけにしたものだが、その表情に取り繕ったものが浮かんでいるのを、お夏は見逃さなかった。

弥兵衛は何か屈託を抱えている。

それをお夏を迎え入れることで紛らわさんとしているのは明らかだ。

「死んじまったなんて思ってもみませんでしたが、どんな風に足袋を拵えていなさるのかと、そっと覗いてみたくなりましてね」

そう思ったものの、いきなり目が合ってしまったのだと、お夏は笑いとばした。

「仕事の邪魔をしちゃあいけませんね。また寄ってやってくださいまし」

「ああ、そうさせてもらいますよ」

「遅い時分にきてくだされば、いつものうるさい連中も帰った後で、ゆったりとしてもらえますから……」

「なるほど、遅い時分にね」

弥兵衛は何か言いたそうであったが、お夏は突き放すように、さっさと隠宅を後にした。

お夏が睨んだ通り、弥兵衛は娘の出現によって心を乱されている。

それを誰かに話したいが、目黒に独り住まいをしていては、なかなかままならない。

お夏のおとないは、彼の心を動かしたであろう。

〝真光堂〟の後家・お春が、お夏の居酒屋を、

「……行けば、渡る世間に鬼は無しという言葉が身に沁みますよ」

と勧めたが、今、弥兵衛にはしみじみとそれがわかったらしい。

自分を気にして覗いてくれたのが、他ならぬお夏で、何も話せぬまま立ち去った。

居酒屋へ行って、心のうさを晴らしたくなるのも無理はない。

遅い時分に行けば、常連もおらずゆったりと話せると勧められれば尚さらだ。

「といって、その日の夜に出かけるのも照れるから、明日か明後日の晩にくるんじゃあないかねえ」

と、お夏が清次に話していると、翌日の夜、客がはけた時となって、弥兵衛が店にやってきた。

「いらっしゃい……」

お夏はいつものように迎えたが、ニヤリと笑ってみせた。

昨日弥兵衛の隠宅を訪ねたので店に来たわけだが、それだけで余計な言葉のやり取りは要らなくなる。

弥兵衛もいつものように、入れ込みの床几に腰を下ろすと、

「飯を食いそびれましてね」

こちらもニヤリと笑ってみせた。

「へい、いつものように……」

清次もいつもながらの応対で酒と飯を出した。

小鍋立てにした大根と油揚げの煮付は、薄味にしていて、ゆったりと一杯やるに

はちょうどよい。

「今はうるさいのがいませんから、ゆっくりと飲んでおくんなさい」

お夏にそう言われると、心が落ち着いた。

いつもより酒の注文が増え、弥兵衛は次第に酔ってきた。

弥兵衛は酔いにまかせて、己が腹に溜まった屈託を吐き出したくて、店に来ているのだ。

こんな日は、何も言わずに飲ませてやるに限る。

ちろりの酒が無くなれば、お夏は黙って新たに燗のついたものを置いた。

「女将さん、清さん、おれには同じ足袋屋に嫁いだ娘がいて、これがお妙という、ちょいと我が儘な女だって話はしたっけねえ」

やがて弥兵衛は語り始めた。

やはり娘のお妙のことであった。

「ええ、聞いていますよ。この前の夕餉の席で、久しぶりに会ったと、彦太郎さんからもね」

「そうかい。彦太郎がここへきて、そんな話を……」

「何はともあれ、弥兵衛さんの機嫌がよくなるってえのは、好いことだとね」

「倅がそんな風に……。まったくあいつはよくできた男だ……」

弥兵衛は大きな溜息をついた。

「そうなんだよ。これが困ったものでね。久しぶりに会う娘がかわいくて、息子夫婦よりも、お妙の話ばかりに聞き入ってしまって……。さぞかし、彦太郎は気が悪かっただろうに、おれの機嫌がよくなるのなら好いと……」

「あれから妹は、弥兵衛さんのところへ、よく顔を出しているのかもしれない、と」

「そんなことまで……。さすがにおれも彦太郎に申し訳なくて、七日に一度の夕餉の席にはくるなとお妙に伝えたら、それからは彦太郎がくる日を避けて顔を出すように……」

「お妙さんは何と言っているんです？」

「この一年、会わねえうちに、おれがちょいとばかり老け込んだような……。それを亭主に話したら、しばらくの間、三日に一度はお訪ねしろと言われた、なんて言っておりやした」

自分としては老け込んだつもりはないが、久しぶりに会ったお妙にはそう見えたのかもしれない。

お妙の亭主の忠兵衛もやさしい男なので、そのように勧めてくれたのであろう。

弥兵衛はそう思った。

忠兵衛の二親は既に亡くなり、お妙も気兼ねなく外出が出来るようになっていた。

嫁いでから二年が過ぎたというのに、未だ子宝に恵まれず、切ない想いもしているであろうからと、気晴らしも兼ねて勧めてくれたのに違いない。

忠兵衛はそういう気遣いも出来る男なのだ。

それゆえ弥兵衛は、

「〝福松屋〟さんの方は好いんだろうな」

と念を押しつつ、お妙のおとないを喜んで受け入れた。

しかし、お妙はというと、

「お父っさん、釣りに連れていってくださいな！」

とはしゃいでみせたかと思うと、

「わたしは、すぐに調子にのってしまうからいけないのねえ」

と、ふさぎ込んだりする。

何度か泊まっていくと言ったが、さすがにそれは〝福松屋〟への遠慮があるゆえ、駕籠を呼んで帰したが、情緒が定まらぬので、

――こいつは何かある。

と察し、三度目のおとないの翌朝、弥兵衛は〝福松屋〟を訪ね、

「真に申し訳ねえことでございます」

と、忠兵衛にこの度の気遣いを詫びた。

俄《にわか》な弥兵衛の登場に、お妙は驚き慌てた。

忠兵衛は、少しきょとんとして弥兵衛を見ていたが、

「これは〝小野屋〟のお義父《とう》さん。具合がお悪いというのに、わざわざそんなことで礼を言いにくるなんて、こっちの方が畏れ入ります……」

と、大いに恐縮した。

「いえ、わたしもお見舞いに伺おうと思っていたんですがね。お妙が今はまだ好い、なんて言うものですから……。でも、お見かけしたところ、すっかりとよくなられたようで、ほっといたしました……」

どうやらお妙は、弥兵衛の体の具合がよくないので、しばらくの間、二、三日に一度、自分が様子を見に行きたいと、忠兵衛には伝えていたらしい。

弥兵衛は慌てて、

「ははは、それがこの二、三日ですっかりと調子がよくなりましてねえ。これも忠兵衛さんのお蔭です」

そのように取り繕った。

万事鷹揚で、お妙にはやさしく疑うことのない忠兵衛は喜んで、ゆっくりしていくよう勧めたが、

「ありがたいことですが、まだ病みあがりですので、これからゆっくりと、外の風に当りながら帰って休ませていただきます」

弥兵衛はこれを断った。

「左様でございますか、そんならお引き留めしてはいけませんね。お妙に駕籠屋まで送らせましょう」

忠兵衛は弥兵衛の言葉を露ほども疑わず、お妙に義父を送るよう申し伝えたのである。

その道中。

「お妙、お前、おれに話してえことがあるんだろう」

と、弥兵衛は娘を問い詰めた。

「話そうと思いながら、言えずにいたんだな」

すると、お妙は神妙に頷いた。

「聞いてもらえたら楽になると思ったんですよ……。でも、言ったからどうなるものではないし、聞かされた方も迷惑なだけですからねえ」

お妙の目には涙が浮かんでいた。

勝気でしっかり者で、滅多に泣いたことのないお妙であった。

その娘が長い睫毛《まつげ》に涙を溜めて、それが冬の風に滴り落ちぬよう懸命に堪《こら》えている。

「馬鹿な奴だ。おれはお前のたった一人の生みの親なんだぞ。さっさと言っちまって、まず楽にならねえか」

弥兵衛は、お妙が何をやらかしたのかと胸を騒がせつつ、六十をとうに過ぎた自分を頼りにする娘かわいさに、心と体がぐっと引き締まるのであった。

七

「それで娘を茶屋へ連れていき、理由を訊ねてみれば、これがまったくくだらねえ……」

弥兵衛は勢いよく飲み出した。

お夏は床几の端に腰をかけて、煙管で煙草をくゆらした。

素っ気なく聞く方が、かえって話し易いものだと、お夏はわかっていた。

「くだらねえってもんじゃあねえや……」

弥兵衛は独り言を言うように続けた。

お妙は消え入りそうな声で、

「役者に脅されているのですよ」

と、弥兵衛に打ち明けた。

役者というのは、芝神明の宮地芝居に出ている芳川輝弥《よしかわてるや》で、近頃人気を得て、江戸三座から引き抜かれるのではないかと噂をされていた。

〝福松屋〟と懇意にしている近所の呉服屋の主人が芝居好きで、得意先とその女房達を招いてよく観劇をし、輝弥を贔屓にしていた。

お妙もまた芝居好きで、それを知る呉服屋の主人が、輝弥を座敷へ呼んで一指舞わせるという宴に招いてくれた。

忠兵衛は芝居にはまるで興味がなく、

「おもしろくないお人ですよ」

と、お妙の不興を買っていたので、恋女房の機嫌をとって、

「わたしは行けそうにないが、お前は行っておいで」

と勧めてくれた。

お妙は喜んだが、商いに忙しく自分だけを行かすことにした夫には不満であった。

それでも、宴は楽しかった。

お妙のことである。どの女房よりも快活で、舞の良し悪しを判じる素養をも備えていた。

輝弥はそこに目を付けたのであろうか。

「お内儀様に、折入ってお願いしたいことがございます」

と、隙を見て耳打ちした。

「わたしに……?」

そっと訊き返すと、

「文の書き方を教えていただきたいのでございます……」

拝むように小声で言った。

「何卒、お願いいたします」

そうして輝弥はそっと結び文を渡した。

後でそっと開けて読むと、築地の料理屋の名と、日時が書かれてあった。

それは三日後の八つ刻(午後二時頃)である。

自分が願えば、女なら誰もがいそいそとやってくるとでも思っているのであろうか。

お妙は不快で、そのまま捨て置こうと思ったが、文の書き方を教えていただきたいと言った時の輝弥の目は真剣であった。

あの時、女房連中は他にもいたのに、自分に文の書き方を教えてくれと言ったのは、お妙にその才を見出したからではなかったか。

仕事一筋の忠兵衛は、やさしい男であるし、申し分のない夫かもしれない。

だが、小太りでのっぺりとした顔立ちは、男振りが好いとはいえず、道楽のない
ところが、お妙にはおもしろくない。

未だ子宝に恵まれぬ寂しさもあり、お妙は行って話を聞いてやりたくなってきた。

ちょっとした冒険がしてみたくなったのだ。

「ちょっとお東さんにお参りに行ってきます」

お妙は捨て置けずに、築地の本願寺へ行くと、供の女中に、

「お前もたまには遊んでおいで」

と、小遣いを与えておいて、いそいそと料理屋へ向かったのだ。

小座敷へ通される時は胸が躍った。

そこには輝弥がいて、恭しく頭を下げ、

「お越しいただけないかと思っていました」

女形役者のはかなげな肩を揺らした。

「文の書き方くらい、教えてさしあげますよ」

お妙は警戒を怠らず、突き放すように言った。

「ありがとうございます。助かります……」

彼は持参した硯《すずり》と筆を出し、墨をすりつつ、

「次の芝居で文を書く件《くだり》がございまして、困っております」

と、祈るような目を向けてきた。

輝弥は女形であるから、女の手で、女の情を込めて舞台で文を認めねばならない。客からは役者が書いているものなどほとんど見えないのだが、そうだといって手を抜きたくない。

「何卒、お手本を書いていただきたいのです」

そう願われると、お妙は輝弥の役者としての精進に手を貸してやりたくなってきた。

お妙は筆も達者で、美しい文を書くと、子供の頃から誉められてきたので、調子に乗ったのだ。

文の内容は、命をかけて恋《こ》うる男に宛てて、町の女房が書く恋文であった。

文案は輝弥が考えてきたが、それに工夫を加えてやったのも、心地がよかった。

輝弥は大喜びで、目に浮かべた涙を着物の袖で拭った。

「着物が汚れますよ……」

お妙も嬉しくなって、手拭いを与えると、

「お内儀様、これをお手本にして、板の上で美しい文を書いてみせます……」

輝弥は手拭いを押し戴いて誓ったものだ。

お妙は、好いことをしたと、意気揚々として家へ帰った。

数日後に、お妙の文を手本に書いたものを見てもらいたいと約束してのことであった。

そしてそれが、芳川輝弥の悪巧みの幕開けとなった。

輝弥がお妙に書いてもらった文には、〝輝〟〝弥〟〝妙〟の三文字が入っている。

輝弥はその手を真似て加筆し、芝居の小道具用の恋文を、いかにもお妙が輝弥に宛てて書いたもののように仕立てあげたのだ。

約束の日に、お妙が同じ料理屋へ行ってみると、輝弥は相変わらず恭しくお妙を迎えたが、

「お蔭さまをもちまして、こんな文ができましてございます。どう見てもお内儀様が、この輝弥にくださった恋文に見えますよ……」

と、掲げてみせたのだ。

「待ちなさい……。それは芝居の小道具の手本にするためにわたしが書いたものに、お前さんが手を加えた文ではありませんか」

「それはそうでございますが、はて、人はどう思うでしょうねえ」

ここに至って、お妙には輝弥の肚《はら》が読めた。

「騙《だま》しましたね……！」

「いえ、妙から輝弥へ宛てた文を拵えただけのことですよ」

輝弥は嘯《うそぶ》いた。

お妙は覚悟を決めた。

「それで、その文をどうするというのです」

「どうもしませんよ。お内儀様がわたしのために書いてくださった、この文を手本に、これからも芝居で文を書くつもりでございますが……」

「何です？」

「どうしても欲しいと仰るのなら、お買い求めくださいまし」

「いくらです？」

「さて、それはちょいと考えさせていただきましょうか」

その日はそれで別れた。

以来、輝弥は何も言ってこないのだが、彼は不義の証となる文を握っている。そしてあの日お妙が輝弥に与えた手拭いは〝福松屋〟の屋号が染め抜かれたものである。

これを一緒に人に見せれば、お妙はそのままではすまされまい。

とはいえ、不義を疑われて大変なのは輝弥も同じなのだが、失うものが多いのはお妙の方である。

それなりの金で手を打ちましょうとなるのが輝弥の狙いだ。

「ちょいと考えさせていただきましょうか」

と、突き放されると不安が募る。

そのうちに、少々値が張ろうが買い取って楽になりたいと思うであろう。

お妙は思い悩んだ。

そして気を紛らすために、隠居した父に会いに行かんとしたのであった。

婚家を大事にして、自分を訪ねるのは控えなさいと弥兵衛は言っていた。

それゆえ、このところは顔を出していなかったのだが、子供の頃からかわいがってくれた父である。目黒の長閑な風景と共に温かく迎えてくれるはずだ。

その思惑は当ったが、会えば父親に何もかも打ち明けて相談したくなってきた。

しかし、なかなか切り出せず、夫の忠兵衛には、父親の体の具合が芳しくないと言い繕って、何度も足を運んだのだ。

「わたしがいけなかったのです。姑も子供もいない。旦那はわたしのすることに何も言わない。それで調子にのってこの様です。お父っさん……。わたしはどうしたら好いのでしょうねえ……」

お妙はすべてを打ち明け涙にくれた――。

「ここはひとまずおれとお前だけの話にして、今はおれに任せておくが好い」

弥兵衛はそう言い聞かせて、お妙と別れたのだが、隠居の身が一人で考えるには荷が重過ぎた。

「それで、酒の勢いを借りて、女将さんと清さんに聞いてもらったってわけだが、まったくくだらねえ話だろう」

弥兵衛は酔いにまかせて、つくづくと言った。しかし、話を聞いたお夏は、

幻冬舎文庫6月の新刊

毎月10日ごろ発売！幻冬舎文庫は

©益田ミリ
2023.06

明日の夕餉 居酒屋お夏 春夏秋冬

岡本さとる

幸せな団欒に不穏な波風が!?

足袋職人の弥兵衛は人も羨む隠居暮らしを送っていた。だが、最愛の娘の久々の訪問が彼の心を乱してしまう。お夏は弥兵衛の胸の内に溜まった灰汁を取ることができるか？　大人気シリーズ第七弾。

書き下ろし

715円

小梅のとっちめ灸 (三)針売りの女

金子成人

恋仲だった清七はなぜ死んだ？　真相を探る灸師の小梅に、彼女が助けたある男が意外な話を告げる。一方、因縁のある土地で出逢った針売りの女の姿に小梅は瞠目し……。人気シリーズ第三弾！

書き下ろし

759円

剣の約束 はぐれ武士・松永九郎兵衛

小杉健治

人でなししか殺さない――。どこまで信念を貫けるのか？

御前崎藩の江戸家老の命を守ったことを契機に、藩に近づいた九郎兵衛。目にしたのは藩主の座を巡って十年以上続く血みどろの争いだった……。剣豪が江戸の悪党どもを斬る傑作時代ミステリー！

書き下ろし

847円

「ええ、まったくくだらない話ですよ」

ことともなげに言った。

これには弥兵衛も酔いが醒め、ぽかんとしてお夏を見た。

「とどのつまり、お妙さんは役者に文の書き方を教えてやった、ただそれだけのことじゃああありませんか」

「だが、旦那に内緒でだな……」

「内緒というより、話していないだけ。そうでしょうよ」

「それでもいつかこのことが知れたら、やさしい旦那もさすがに怒るだろう」

「そん時は、疑われるのが嫌で話し辛かったと言って、謝れば好いんですよ」

「許してくれるかい？」

「信じてくれなきゃあ、弥兵衛さんが頭を下げて、離縁をさせた上で、あの隠居所に引き取れば好いんですよ」

「なるほど……」

「その役者は、どうせ他所で同じことをしていますよ。少し様子を見たらどうです。手前《てめえ》の方で転んじまうに決まっていますよ」

脅しているつもりでも、相手が開き直れば間男になり、重ねて二つに斬られる身となる。

いざとなれば、

「そんなつもりで言ったのではありません」

恋文に見えると言ったのは冗談であったと逃げるはずだ。

「金になるなら儲けもの。役者はそれくらいに考えているんでしょう。小悪党を恐れることはありませんよ」

お夏は、何だそんなことか、とるに足りぬ話だとことさらに言った。

するとお夏の思惑通り、

「物ごとには色んな見方があるもんだねえ。やはり話してよかった……」

弥兵衛の表情がたちまち明るくなった。

「女将さん、清さん、ひとつこの話は……」

「もう忘れちまいましたよう」

煙草の煙と共に吐き出すお夏の横で清次が頷いた。

「ありがたい……」

そうして、弥兵衛は何度も頷いて帰っていった。

「ああ、困ったもんだが、清さん、一働きするかい」

「へい……」

お夏と清次はすぐに動いた。

八

「芳川輝弥は、けちな野郎ですぜ」

髪結の鶴吉《つるきち》が、お夏と清次に報《しら》せた。

彼が〝魂風一家〟の仲間であることは言うまでもない。

今は高輪車町《たかなわくるま》に住み、廻り髪結という職を活かして、あれこれ人の噂を仕入れるのに長《た》けている。

鶴吉がお夏の意を受けて輝弥を調べたところ、この小悪党は商家の女房に、芝居の勉強と称して近付き、あれこれと策を弄しては金を引っ張り出しているらしい。

宮地芝居を出て、三座の役者に成り上がりたいとの野望のため、金が要るようだ。

「お嬢が見た通りの野郎でさあ。ちょいと脅してやりやしょう」

鶴吉がお夏を昔のように呼ぶと、話は決まった。

弥兵衛がお妙の秘事を打ち明けた夜から、二日しか経っていなかった。

その夜。

芳川輝弥が住む、芝土手跡《どてあと》町の仕舞屋に、三人の賊が忍び込んだ。

三人はいずれも黒装束に覆面をしていて、ふと輝弥が目を覚ますと、彼らによって目の前に三本の白刃が突きつけられていた。

「あ、あ……」

驚きに声も出ない輝弥に、賊の一人が語りかけた。

その声は、しっとりとした女のものであった。白刃を煌めかせつつ淡々と語る様子は、正しく鬼女が降臨したのではないかと思わせる、妖しさと恐怖を醸していた。

「覚えがあるだろう」

初めの一声がそれであった。

「お、覚え……?」

「覚えがあり過ぎてわからないかい？　お前は、方々で女を食い物にしているらしいねえ」

「食い物なんて……、とんでもない……」

「そんな言い逃れはさせないよ。思わせぶりなことを言って、金を巻き上げようとしているじゃあないか」

「そ、それは何かの間違いでございます」

「女をなめるんじゃあないよ……」

女がそう言うや否や、部屋の隅に置いてある衣桁《えこう》が横に切断されるのが薄闇の中見えた。

二人の賊が手にした短刀で、己が腕の確かさを見せたのだ。

「い、命ばかりはお助けを……」

輝弥は手を合わせた。役者だけに仕草が大仰で、三人の賊は笑いを堪えていた。

三人は、お夏、清次、鶴吉――。

少し脅しをかけておけばよいだろうと忍び入ってみれば、思った以上に情けない男であった。

お夏にしてみれば、うっかりとこんな出来損いの役者の誘いに乗った方にも罪はあるゆえ、女達が蒙《こうむ》った気苦労をそのまま味わわせてやることで許してやるつもりであった。

「お前はこれからすぐに、お前に脅されていると思っている女達の気を晴らしておやり。もしお前がそれを怠ったら、あたしはどこにでも現れて、お前の命をもらうからねえ」

「わ、わかりました……」

「この先は、おかしな気を起こさずに、役者の道に精進するんだね」

お夏は言い聞かせると、輝弥に布団の上から当て身を食らわせ、三人で素早く仕舞屋を出て夜の闇に溶けていったのである。

そして、その二日後の夜。

お夏と清次がそろそろ店仕舞いをしようとしているところに、弥兵衛がやってきた。

そのにこやかな表情を見ると、芳川輝弥が命惜しさに動いたと察せられた。

もう、身内の恥は話したのだ。

弥兵衛はためらうことなく、

「やはり女将さんが言った通りでしたよ」

まずそう言った。

「ああ、あの役者の話ですか……?」

お夏は忘れていたかのような表情を繕った。

「ええ、うちの娘を脅した奴ですよ」

「で、どうなりました?」

「話をつけてやろうと、会いに行ったんですよ」

「弥兵衛さんが?　そりゃあ大したもんだ」

「四の五のぬかしやがったら、顔を切り刻んで、二度と芝居に出られねえようにしてやろうとね……」

お夏には、様子を見ろ、そのうちに手前《てめえ》の方で転んでしまうに違いないと言われた弥兵衛であった。

その言葉通り、しばらくは様子を見ようと思ったが、お夏と清次に話を聞いてもらううちに、強い力が湧いてきた。

〝小野屋〟を亡妻のおえいと切り盛りしていた頃にも、あれこれ苦難があって、その度に体を張って店を守ってきた。

かわいい娘が自分を頼ってきたのだ。何とかしてやろうと、弥兵衛は芝の小屋掛け芝居に出ている輝弥を訪ねたのだという。

その座元は、弥兵衛の足袋を今も贔屓にしてくれていて、すぐに会える段取りがついたのである。

いっそ座元に言いつけてやろうかとも思ったが、それでは娘と〝福松屋〟に傷がつく。

その辺りを見越している輝弥が、一層腹立たしくなり、彼の楽屋へ行くと、

「これは〝小野屋〟さんのご隠居様でございますか、座元から伺っております。いつもご贔屓ありがとうございます……」

輝弥は実に丁重に弥兵衛を迎えた。

しかし、輝弥の表情は暗く翳《かげ》っていて、弥兵衛に対してもどこか探るような目をしていた。

「いや、わたしはお前さんの贔屓じゃあねえよ。お前さんを贔屓にしてやったのに、その恩を仇《あだ》で返された〝福松屋〟のお妙の父親さ」

弥兵衛は囁くように告げると、輝弥を睨みつけた。

輝弥は真っ青になった。弥兵衛がお妙の父親だとは知らなかったのだ。

そして、弥兵衛は輝弥が企んだ、あの恋文の一件を知っている。

——もしや、この隠居があの恐ろしい三人を遣わしたのか。

とも思われ、しどろもどろになりながら、

「ああ、左様でございましたか。これは知りませんでご無礼いたしました。〝福松屋〟さんのお内儀様にはひとかたならぬお世話になりましてございます。恩を仇で返すなど、とんでもないことでございます……」

と、言い訳をした。

「だがお前さんは、娘が書いてやった文の手本を買い取れと言ったそうだな」

「まさか……、ははは、あれはほんの冗談でございますよ」

「いくら出しゃあ好いんだい。今は持ち合わせがねえから、こいつを手付に置いていこうかい」

弥兵衛はそう言うと懐から、足袋の生地を裁断するための小刀を取り出して、輝弥に見せつけた。

輝弥は震えあがった。

「そ、そんな大切なお道具はどうぞおしまいくださいまし。あのお手本はありがたく使わせていただきましたが、も、もう十分にお稽古をさせていただきましたので、これにお返しいたします。近々お持ちいたそうと思っていたのですが……」

「お前なんぞに訪ねてこられちゃあ、お妙も迷惑だよう」

「は、はい。そう思いまして、どうしたら好いものかと悩んでおりましたので、幸いでございました。ここでお渡しいたします」

輝弥はありがたいことだと、件《くだん》のお妙が書いた文の手本を、手拭いと共にここぞと差し出した。

お夏達に寝込みを襲われ脅された輝弥は、実際、いかにしてあの手本をお妙に戻せばよいかと考えていた。

他にも同様の手口で脅しをかけている商家の女房が数人いて、輝弥は困り果てていたのだ。

弥兵衛は、輝弥の身に降りかかった或《あ》る夜の恐怖についてはもちろん知らない。

だが、存外に輝弥があっさりと詫びながら恋文の手本を差し出すので、勢いに乗

って、

「そんなら、先だって娘に言ったのは、みな冗談だったんだな」

「は、はい、わたしがくだらない冗談を言ってしまいました。何卒お許しくださいまし」

輝弥は弥兵衛に手を突いて詫びた。

「よし、そんなら今日はひとまずこれをもらって帰るとしよう。こっちも忘れてやるから、お前も何もかも忘れちまうんだな」

弥兵衛はそう言って、意気揚々と引き上げると、その足で〝福松屋〟にお妙を訪ねた。

幸いにも忠兵衛は商用で出ていて、お妙と二人で会えた。

「お前にもいたらなかったところがあったんだ。腹も立つだろうが、役者は手を突いて謝っていたから、お前も忘れちまいな」

弥兵衛はそして、件の恋文の手本と手拭いをお妙に見せてやったのだ。

「そいつはやりましたね」

「娘さんは喜んだでしょう」

お夏と清次は、弥兵衛を称えた。

どうせそのうち、芳川輝弥はお妙に詫びを入れて、件の恋文の手本を返すだろうと思っていたが、弥兵衛が素早く動いたと聞けば、娘を思う父親の懸命さに心を打たれる。

「へへへ、そりゃあ喜びましたよ」

弥兵衛は盃を重ねた。

誇らしい話をするのも照れくさいから、酔っていたい。小刀を忍ばせて輝弥と話をつけ、

「おう、これが文の手本だな。それと手拭いも取り返してきたぜ」

と、文と手拭いをお妙に見せた時の安堵。

「お父っさん……恩に着ます……」

と涙にくれるお妙を目の前にした時の哀感。

それらが大きな興奮となって弥兵衛を包み込んでいた。

「それでおれは、火鉢でその文を燃して、お前はちょいとばかり浮かれちまったが、芸に悩む役者を助けてやろうとしただけのことで、何もおかしな真似はしちゃあい

ねえんだ。金を巻き上げられたわけでもねえ。だが、何もかも話すと忠兵衛さんも好い気はしねえ。これはおれとお前が見た悪い夢だと思って、互《たげ》えに忘れちまおうぜ。それでも忠兵衛さんに負い目があるなら、この先、亭主が〝好い女と一緒になってよかった〃と心から思う女房になりゃあ好いさ。なに、夫婦なんてものは、互えにちょっとした隠しごとを持っているものさ。だから、向こう一年はおれを訪ねてくるんじゃあねえぞ……。お妙にはそう言ってやりましたよ。女将さん、清さん、それで好いよねえ」

先日と違って、心地よい酒が弥兵衛の声を弾ませていた。

「それで好いですよ」

お夏は大きく頷いてみせると、

「そういえば、明日は彦太郎さん達がくる日では？」

「ええ、そうでした……」

弥兵衛は頭を掻いて、

「おれもまた、〝好い親父だ〃と息子が心から思うような隠居にならねえといけねえや。日頃から息子はよくしてくれるのに、ついつい我が儘勝手な娘ばかりをかわいがってしまう……。これじゃあいけねえ」

と、大きな溜息をついた。

「明日の夕餉が楽しみですねえ」

お夏はからかうように声をかけると、煙草の煙の向こうに、命をかけて自分をかわいがってくれた父・長右衛門の面影を見つけていた。

第三話　白飴

一

春の終り頃であったろうか。

お夏の居酒屋からほど近い六軒茶屋町に、小さな道具屋が開店した。

主人は菊次郎《きくじろう》という。

三十半ばの独り者だが、身形《みなり》はこざっぱりとしていて、顔も体も引き締まった、なかなかに垢抜けた男である。

古物、骨董《こっとう》の類を扱う商売にはいささか不似合な感があるが、

「その人にとっては屑のようなものでも、他の人にとっちゃあ、買ってでも手に入れてえものになる。そいつがおもしろくてねえ」

それで道具屋を始めたのだと菊次郎は言う。

あれこれと物売りなどして暮らしてきたものの、どれも長続きはせず、

「遊び人に毛の生えたような暮らし」

を送ってきたのだが、ある時、なけなしの金を張って博奕をしたら、これが付きに付いて、十両ばかりの金が出来た。

「こいつはお天道様が、道具屋をやってみろと言いなさっているのかもしれねえ。そう思って、ここで店をね……」

で、あるそうな。

目黒へ来たのは、こういう片田舎で風情のある土地の方が、がらくたも値打ち物に見えるような気がしたからだと、悪びれずに語るのも愛敬があり、店に足を運ぶ者も多い。

とはいえ、まるで商売気がなく、店が閉まっていることも度々で、

「まあ、一人でやっているものですからねえ。迷惑をかけておりやす」

と、謝ってばかりいる。

店が近いこともあって、お夏の居酒屋には時折飯を食べにやってくるのだが、

「ちょいとお邪魔をいたしますよ……」

にこやかに常連への気遣いを見せるので、

「あの道具屋は好い男だねえ」

と、たちまち受け容れられて、

「菊さん」

と呼ばれるようになっていた。

中でも、

「菊さん、菊兄ィ」

と、親しんだのが、口入屋の政吉であった。

不動の龍五郎の乾分で、彼の番頭を務めて久しいが、このところは弟分の長助《ちようすけ》、千吉《せんきち》を従えて、龍五郎を随分と楽にさせていた。

ほどよい貫禄も付き、すっかりと目黒の顔になりつつあったのだが、それだけに仲の好い友達と呼べる者が少なくなっていた。

半襟を扱う〝中嶋屋〟の主・忠太郎《ちゆうたろう》などは、幼馴染で時に酒を酌み交わす友達ではあるが、すっかりと商家の旦那の風情が身についた忠太郎に、馴れ馴れしくは出来ない。

そこへいくと、菊次郎は二つ三つ歳が上だが、くだけたところがあり、若い頃は政吉同様に、無茶をやらかしていた名残が見うけられる。

「ちょいとつるみたくなる男だぜ」

と、親しみを覚えたのも無理はなかろう。

お夏と清次も、菊次郎に親しみが湧いていたので、そんな政吉を頰笑ましく眺めていた。

店の中では目立たぬようにして、いつも控えめに入れ込みの隅に居処を定めていた菊次郎も、政吉に引っ張り出されて、次第に常連の輪に入るようになっていた。

菊次郎も慣れぬ土地で政吉のような男が友達でいてくれると心強く、

「政吉つぁん……」

と呼んで、時にはお夏の居酒屋の他で一杯やったり、道具屋に政吉を迎えたりして、友情を育みつつあった。

「おれはろくでもねえ男だからね……」

というのが口癖の菊次郎は、常連の輪の中にいても、もっぱら話を聞く方に回って、自分から話はしない。

お夏の居酒屋に来る客には、脛に傷持つ者が多い。

そういう連中で、長く常連として店に通う者は、誰もが菊次郎のように初めのうちは、寡黙であった。

調子よく威勢の好いことを並べる者ほど、やがて何かに躓《つまず》いて、店に来なくなってしまうのだ。

政吉はその点で菊次郎は、信じるに足る男だと思っているのだが、やはり親しくなる上では、菊次郎のことについて話したくなってくる。

それである日切り出したのが、

「菊さんはおつるちゃんに、随分とやさしいねえ」

という、ちょっとばかり浮いた話である。

日頃はにこにこと笑みを絶やさぬ菊次郎であるが、

「政吉つぁん、そういう話はよしにしてくんなよ」

おつるのことになると顔をしかめた。

政吉は、そんな菊次郎の様子がおもしろくて、

「おれが話さねえでも、もう皆が気付いているよ」

小声で冷やかす。

「皆が気付いている？」

「ああ、そりゃあ気付くさ。いつだって菊さんは、おつるちゃんに気を遣ってあげているからよう」

「そいつは、あの娘が母親想いの、よくできた娘だからな……」

「肩入れをしてやりたくなるんだろ。邪《よこしま》な想いなんて、これっぽっちもねえ」

「ああ、そうだ」

「そいつも皆わかっているよ」

「そこは思い違《ちげ》えのねえように頼むよ」

「もちろんさ。だから、おつるちゃんのことは、この店の仲間内だけの話にしているんだよ」

「いや、それにしたってよう……」

「菊さんが肩入れをしたくなるように、おれだっておつるちゃんは感心な娘だと思っているんだ。だから、菊さんみてえな好い男にこそ面倒を見てやってもらいてえんだよ」

「なんだそれは……」

「そうすりゃあ、あの娘におかしな野郎が引っ付いたりしねえだろ。おれはそっと菊さんの手助けをしようと思っているのさ」

「そうかい。そんなら政吉つぁんも、よろしく見守ってやってくんなよ。あの娘は本当によくできた娘だからね」

とどのつまり、こんな話に落ち着いたのだが、政吉は菊次郎がおつると好い仲になってくれたらよいと密かに願っていた。

おつるは、菊次郎の道具屋がある表長屋の裏手にある長屋で、母のおいしと二人で暮らしている。

歳は二十二で、色白の瓜実顔。

裏店《うらだな》には珍しい、縹緻よしである。

目黒に来たのは一年くらい前で、母娘で針仕事や凧《たこ》張りの内職などをして方便《たつき》を立てている。

おいしは、おつるの母親らしく、歳はとっていても目鼻立ちが整っていて美しく、品を備えている。

美しい母娘が、ひっそりと暮らしていると、目黒へ来るまでのことが気になるものだが、その立居振舞を見るに、かつては富裕な商家の内儀とお嬢様ではなかったのかと、人は噂し合った。

おつるは既に二十歳《はたち》を過ぎているが、貧しい暮らしに慣れぬ母を気遣い、嫁にも行かずにいるように思える。

「いつもすまないねえ」

と、母は娘を労り、

「何を言っているのよ」

と、娘は笑って応える。

その様子を目にすると、近所の連中はほのぼのとした心地になる。

おつるくらいの縹緻よしであれば、少々とうが立っていても、嫁に望む男もいるはずだ。

母と共に面倒を見てもらえばよいものを——。

そう思う者は多いが、母に気兼ねをさせるくらいなら、自分が頑張って養い、母娘で立派に生きてみせる、そんな気迫がおつるからは窺える。

菊次郎はそんなおつるを近くで見て、

「おつるちゃんは偉いねえ。そのうち母娘で小商いでもするが好いや。そうすれば今よりもっと楽に暮らせるようになるだろうよ」

と、何度となく声をかけていた。

「ええ、そうなれば好いと思っていますよ」

その度に、おつるは笑顔で応えたものだ。

菊次郎はおつるの容姿を持ち上げて、そのうちよい縁談がくるだろう、などとは決して言わない。

おつるの頑張りを認めて、母娘で道を切り拓くのだよ、おかしな男に頼ってはいけないよと、さりげなく励ますのであった。

おつるはそれが嬉しいのだ。

「力仕事で人手が要る時は言ってくんなよ。いつも暇にしているからね」

そんな物言いも実にほどがよく、おいし共々、菊次郎には好意を抱いている。

政吉は道具屋へ立ち寄るうちに、菊次郎と母娘の、間を取り合った触れ合いをまのあたりにして、彼もまた実に心地がよくなったのである。

それゆえに、お節介を焼きたくなったのだが、

「政さんも、人のことより、自分のこれからを考えりゃあ好いんだよ」

お夏は、未だに独り身の政吉が菊次郎にやきもきする様子をそっと眺めながら、清次に囁いていた。

清次は相槌を打ちつつ、

「菊次郎って人は、誰かに似ているような気がするんですよねえ」

と、言う。

「清さんもそう思っていたかい。実はあたしもそう思っていたんだよ」

「やはりそうですかい。誰だと言われると、出てこねえんですがね」

それは、お夏と清次にとって、決して悪い思い出ではないのだ。

そんなことを言い合っていると、お夏も清次も、政吉以上に菊次郎が気になってきた。

もちろん、気にはなってもわざわざ人のことに首を突っ込まないのが二人の流儀ではあるが、政吉の入れ込みようを眺めていると、自ずと目の先に菊次郎という男

がちらついてくるのであった。

二

「菊次郎さん、いつもすみませんねえ」

おつるは飴の袋を押し戴きながら言った。

それは目黒の名物である、〝桐屋〟の白飴であった。

「いや、いつも掃除をしてもらっているからね。ほんのお礼だよ」

このところ菊次郎は、おいしとおつるに、道具屋の店先の掃除を頼んでいた。

「おれは掃除が上手くできなくてねえ。まあこれくれえでいいやと、つい手を抜いちまうからいけねえ」

それで、きちんと手間賃を払って、母娘の内職のひとつにしてもらっているのだが、大した銭も払っていないので、時折、〝桐屋〟で白飴を買い求め、おつるに渡しているのである。

おつるが白飴が好物だと知ったからであるが、

「おれもこの白飴が好きでねえ、どうせ買うついでだから、まったく気にしねえでおくれよ」

と、菊次郎は言うのだ。

白飴は〝晒《さら》し飴〟ともいう。

水飴を煮詰め、引きのばしたり、折り重ねたりを繰り返すうちに、白い飴になるのだ。

道具屋の奥にいる時も、昼間から茶碗酒をしている菊次郎が、こういう甘い物にも目がないと知って、おつるはますます親しみが湧いてきた。

歳も随分と離れているので、一緒にいると、ゆったりとした気分になる。

「菊次郎さんは、どうしてわたしとおっ母《か》さんに親切にしてくださるのです」

と問えば、

「さあ、近所で女の二人暮らしは、おつるちゃんのところだけだから、何かあったら助けねえといけねえ、なんて恰好をつけているのさ」

と悪戯《いたずら》っぽく笑う。

そうかと思えば、

「おれには、かわいい妹がいてね。その妹もおつるちゃんみてえな母親想いのやさしい娘だったんだが、妹も母親も死んじまったんだ……」

ふと思い出を漏らす。

皆まで言うのは照れるのであろう。

それ以上は口を噤《つぐ》んだが、その切ない思い出が、おつるとおいしを助けたくなる気持ちの源であることが伝わってくる。

――やさしい男《ひと》だ。

おつるが感じ入ると、

「こいつはいけねえ、余計な話をしちまったぜ。気障《きざ》な野郎の下手な口説き文句みてえだよな。ああ、いけねえいけねえ、忘れておくれ」

と、しかめっ面をする。

そこには、おつるへの下心など微塵もなく、

「おかしな人……」

おつるは素直に笑えるのだ。

そして一方では、死んだ妹への想いを自分に向けている菊次郎に、やり切れぬも

のを覚えるようになっていることに、おつるは気付いていた。

自分を女として見ていない男にこそ、心が惹かれる――。

おつるの恋情は、そこから生まれるという事実に、彼女自身が戸惑いを覚えたのだ。

そして、意識をしてしまうと近寄り辛くなる娘もいるらしいが、自分はますます傍へ寄りたくなると気付いたことも、彼女を驚かせた。

それも菊次郎が、どんな時もさらりとおつるを構ってくれるからであろう。

いつか菊次郎が自分を一人の女と見てくれるまで、彼の親切を遠慮なく受け容れよう。

彼女はそのように思い定めて、道具屋の掃除を母と二人で手伝い、菊次郎が買ってきてくれる白飴の甘さに舌鼓を打った。

そのうちに、自分と母親を幸せにしてやろうと心の底から考えてくれるのは菊次郎の他にはいないだろうと思えてくるのであった。

菊次郎との友情を深め、何かというと、

「菊さん、いるかい？」

と、道具屋に顔を出す口入屋の政吉には、おつるの感情の変化がよくわかった。

こうなると、あとは菊次郎がその気になりさえすれば好いだけだ。

自分自身、未だに独り身で、色恋に対してはどちらかというと野暮な政吉にも、それくらいはわかる。

とはいえ、

「菊さん、いっそおつるちゃんとおいしさんを迎えて、三人で道具屋をしたらどうだい？　あの二人がくれば店が繁盛するのは間違《まちげ》えねえや」

などと話を向けても、

「おいおい、よしてくれよ。おれはそういう下心は持っちゃあいねえんだからよう」

相変わらず取りつく島もない。

「菊さん、下心なんて言っちゃあいけねえよう。おつるちゃんも兄ィを頼りにしているみてえだし、おいしさんもお前を気に入っているはずだ。悪い話じゃあねえぜ」

「いや、悪い話だよ。おれはろくでもねえ男だからね……」

「またそれを言う。それは昔の話だろ」

「あの娘には、もっと好い縁があるよ」

と、なかなかに頑《かたくな》なのだ。

「そうなのかねえ……」

あまり言い立てても、かえって心を閉ざすだけだと、政吉は口を噤んだが、

――菊さんは、おつるちゃんに惚れている。惚れているから一緒になろうとは思わねえんだな。

日々、その想いが確かなものとなってきた。

――何かきっかけがありゃあ好いんだが。

若い頃、どのような悪さをしたのかは知らないが、脛に傷持つ男は一旦分別がつくと、恋には臆病になるものだ。

政吉自身がそうである。

見世物小屋の芸人の子に生まれたが、何ひとつ芸が身につかず、自棄《やけ》になって町場で暴れていた。

そこを不動の龍五郎に意見をされ、拾われて、口入屋として一人前の男となった。

しかし、芸が身につかず、それが苦になって町で暴れていたあの時の自分を思うと、何とも情けなくなってくる。

今は町の顔になり、少しは人の役に立てるようになったとはいえ、

——あん時のおれも、今のおれも同じ政吉なんだ。

と思うと、まるで自分に自信がなくなってくるのだ。

それが恋の邪魔をして、惚れた女と所帯を持とうと心に決めても、

——いや、おれなんかが所帯を持っちゃあいけねえ。

などと考えてしまって、今に至るのだ。

そんなことでは一生女房など持てないであろう。

しかし、菊次郎がおつるとの恋を実らせて一緒になれば、

——おれの気持ちも変わるかもしれねえ。

と、思えてくるのだ。

他人の恋の成就のおこぼれに与ろうと思っている自分自身がおかしかったが、政吉は二人が結ばれる〝きっかけ〟が生まれることを望んでいた。

だが同時に、それが菊次郎の心をさらに臆病にしてしまう危険をも孕《はら》んでいるこ

とに、政吉は気付いていなかったのである。

三

ともあれ、政吉は菊次郎がおつると所帯を持てば好いと願い、おいし、おつると顔馴染になると、母娘に新たな針仕事の内職の世話をし始めた。

その用に託けて、おつるの菊次郎に対する想いを探るのだが、その日も、

「仕事が増えても、菊さんの店先の掃除だけは欠かさねえでやってくんなよ。ただでさえ商売気がねえのに、店が汚ねえとそのうち潰れちまうからね」

などと話すと、

「ええ、わかっていますよ。菊次郎さんにも困りましたねえ」

応えるおつるの表情に、ぱっと赤みが差すのがわかる。

政吉は意気揚々と引き上げて、お夏の居酒屋で一杯やり始めた。すると、親方の龍五郎がやってきて、

「政、お前、このところ、あれこれお節介を焼いているそうじゃあねえか」

ニヤリと笑った。

政吉は心得ていて、

「手前《てめえ》の心配をしやがれってて、仰りてえんでしょ」

と、笑って応える。

「わかっていりゃあいいさ。今はお節介を焼いてやれ。おれは菊次郎という道具屋を気に入っているぜ」

「それを聞いてほっとしましたよ」

「だがよう、あの男は随分と、手前の昔を恥じているようだ。そんな男に前を向かせるのは、なかなか大変だぜ」

龍五郎は、政吉を労るように言った。

この目黒には、そしてお夏の店には、過去の痛みを背負った者達がやってきては去っていく。少し前に流れてきてまたすぐに目黒から出ていった、紙屑屋の禄次郎がそうであった。

「おれが見たところ、あの道具屋はただぐれた昔がある、そんなどこにでもいるような男じゃあねえや。婆ァ、お前、そんな気がしねえかい」

龍五郎は、お夏に訊ねた。

日頃は喧嘩の絶えない二人だが、龍五郎はお夏の世間を見る目の鋭さを誰よりも買っている。

とはいっても、お夏がまともに人を評することはまずない。

「居酒屋のくそ婆ァには、そんなことはわからないよ」

「へへへ、そう言うと思ったぜ。相変わらず気取りやがってよう」

「気取っているわけじゃあないよ。だが、親方の言わんとしていることはわかるねえ」

「端《はな》からそう言やあいいんだよう……」

政吉はきょとんとして、

「ただぐれたわけじゃあねえ……？　一人や二人、殺《や》っちまっているとか……」

「まあ、そこまでは言わねえけどよう。今こうやって生きているってことがありがてえ……。そんな修羅場を踏んだ男のような気がするのさ」

「なるほど、親方と小母《おば》さんの目にはそう見えやすかい。あっしは菊さんとは心やすいから、そこまでとは思えねえんでしょうねえ」

「政さん、それで好いんだよう。人は今が大事なんだからね」

お夏がすかさず声をかけた。

龍五郎は相槌を打って、

「おれが言いてえのは、菊さんはそう易々とお前のお節介には乗らねえだろうってことだ」

と、政吉に酒を注いでやるのであった。

お夏はもうその話を忘れたように、清次と並んで板場に立ったが、龍五郎の話を聞いていると、菊次郎が誰かに似ているという想いが再び頭の中を駆け巡った。

ちらりと清次に目をやると、彼の目が、

「誰でしたっけねえ」

と言っている。

──いや、誰かに似ているんじゃあなくて、菊さんそのものに、会っていたのかもしれない。

お夏の脳裏に新たな記憶の断片が浮かんできた。

──そうだ。菊さんとは随分前にどこかで会っているよ。

その想いはやがて確かなものとなった。

政吉は龍五郎と一杯やりながら、

「何かきっかけがありゃあ好いんですがねえ……。昔、どんなことをしでかしていようが、おれはこの女の傍にいてやりてえ。菊さんがそう思って、おつるちゃんも、この人が傍にいないと生きていけない、なんて思うきっかけがねえ……」

と、願いを口にしている。

そしてお夏と清次には、そのきっかけこそが、菊次郎の正体を知るきっかけにもなるのではないかと、思われてならなかった。

四

お夏の居酒屋で、菊次郎は何とすればおつると結ばれるのであろうと、政吉が想いを巡らせてから二日後の昼下がりのこと。

おつるは目黒不動門前の呉服店へ、内職で縫った襦袢《じゅばん》を届けに行った。

すると、岩屋弁天にさしかかった辺りで、二人の若い男が待ち構えていたかのように、おつるの前に立ちはだかった。

「おつるさん、考えてくれたかい？」

縞《しま》の着物を着た一人が言った。

素足に雪駄《せった》履き、どう見ても堅気《かたぎ》ではない。

縞の男より、さらに一回り大きな男は格子柄を着ていて、おつるを見てへらへらと笑っている。

「その話なら、前にお断りしているはずです」

おつるはきっぱりと応えた。

この二人は、一年くらい前に目黒不動門前の盛り場に流れてきたやくざ者であった。

一見すると目付きが鋭い強面《こわもて》だが、話し口調に愛敬があり、物腰も柔らかい。見た目と違うところが、かえって人を安心させて思わず話を聞いてしまうのだが、その内容は博奕場への誘いであったり、盗品の売買であったり、ろくなものではない。

いかがわしい酒場から、客を呼ぶ酌婦を見つけてくれと頼まれた二人は、

「楽で金になる仕事があるんだが、一度遊びにこねえかい?」

と、おつるに持ちかけていた。

もちろん、おつるは取り合わなかった。

小娘ではあるまいし、そんな誘いに乗るほど甘くはない。

そもそも、おつるは牛込《うしごめ》の薬種問屋の娘で、教養豊かにしっかりと育てられた娘であった。

それが、ある災難を被り店が傾き、その心労で父親が病に倒れ、遂には店が人手に渡ってしまったのだが、父親の死後は、

「いくら落ちぶれても、人から後ろ指を差されぬよう、しっかりと生きていきましょう」

と、母娘で真っ直ぐに暮らしてきたのである。

怪しげな二人組に、声をかけられるだけでも恥辱であった。

「楽でお金になる仕事など、あったとしてもかかわるつもりはありません」

声をかけられた時は、即座に断った。

だが、縞柄と格子柄の二人は、おつるほどの上玉はそうそう見つからないと思っ

たのであろう。

　それ以来、町でおつるを見かけると、

「考えてくれませんかねえ」

　と、しつこくつきまとった。

　おつるもうんざりとしてきて、この日もまたきっぱりと断ったのだが、この二人組は、

「一度だけ、店に顔を出してくれねえかい」

「そうすりゃあおれ達の顔も立つんだ。人助けと思って、頼みますよ一度だけ……」

　これまで以上に、しつこく絡みついてくる。

　その挙句には、

「こんなに頼んでも突っぱねるってえのかい」

「おれ達も食いはぐれているんだ。一度店に飲みにきてくれたっていいじゃあねえか」

　と、開き直って脅してきた。

口先だけで人を信用させ、相手がなびかないとなると、たちまち態度を豹変させる。悪党の本性をさらしたのである。

「おっ母さんを楽にさせておやりな」

縞柄がニヤリと笑った。

女所帯と調べをつけ、どこまでも侮るというのであろうか。

「いい加減になさい！　わたしがあなた方の頼みを聞かねばならない恩も義理もありません。二度とわたしの前に出てこないでくださいな」

ついにおつるが声を荒らげた。

母娘で手を取り合い強く生きていこうと思っても、所詮は女と馬鹿にされ、こんなくだらない男に辱められねばならないとは、あまりにも情けなかった。

「おい……、二度と顔を見せるなだと……」

「言わせておけば、好い気になりやがって。どこまでもおれ達をこけにするのかい！」

男二人もここぞと凄んだ。

勢いに乗っておつるをどこかへ攫《さら》ってやろうかという剣幕である。

――いけない。このままではどこかへ連れ込まれてしまう。

むきになって、やくざ者二人を本気で怒らせてしまったのは、いささか短慮であったと悔やんだ。

おつるの怯えを見透かしたかのように、

「おい、ちょいと顔を貸しやがれ……」

縞柄が有無を言わさず迫ってきた。

その時であった。

「おい、どこまでも無理を通そうってえのかい」

おつるの前に、菊次郎が現れて、やくざ者二人に向き合った。

「あ……」

菊次郎さんと言いかけて、おつるは黙った。

ここで菊次郎の名を出してはいけないと咄嗟に思ったのだ。

菊次郎は、おつるを見てにこりと笑うと、

「その娘は、おれの手伝いをしてくれているんだ。勝手な真似をしやぁがると、手《て》前《めえ》らこそただじゃあおかねえぞ」

二人に凄んでみせた。

日頃は笑顔を絶やさぬ菊次郎であるが、今は一転して鬼の形相となり、声にはどすが利いている。

だが、助け船を出す男が現れたのは、やくざ者二人にとっては好都合であった。

おつるには酌婦としての価値がある。傷をつけるわけにはいかない。

ここは、おつるの前で恰好をつけているこの男を叩き伏せれば、おつるも恐れて言うことを聞くであろう。

縞柄と格子柄は二人組で、喧嘩自慢であった。

「おう色男……、お前に用はねえんだよう」

「引っ込んでやがれ！」

と、すかさず菊次郎に絡んだ。

「ちょっと、やめてちょうだい……」

おつるは、割って入った。

弱い男だとは思っていないが、明らかに菊次郎に不利である。

「おつるちゃん、ちょいと脇へ寄っておくれ。おれはろくでもねえ男だ。だがこの世には、おれよりろくでもねえ男がいる。せめてそいつらと喧嘩をするのが、おれの罪滅ぼしなんだよ」

菊次郎はやさしく、おつるを道の端へと追いやった。

「おう、相手になってやるぜ！」

そして、堂々と啖呵《たんか》を切ると、

「野郎！」

と殴りかかってきた縞柄の拳をさっとかわして、こ奴にたたらを踏ませるや、縞柄には目もくれず、格子柄の腹を蹴り上げた。

「まずお前だ！」

そうして、縞柄が体勢を立て直したところへ、勢いよくぶつかり、顔面に頭突きを食らわした。

その痛みと衝撃に、縞柄は前が見えずに屈み込む。

すると、菊次郎は腹を押さえて反撃の機会を窺う格子柄に、目の覚めるような早業で、殴る蹴るを加えて地面に這わせると、縞柄の背後に回り込み、背中を蹴って傍らの杉の大樹にぶつけた。

あっという間に喧嘩自慢の二人を伸《の》してしまった菊次郎に、集まり始めた野次馬達から感嘆の声があがった。

「こいつはいけねえ。おつるちゃん、ここから逃げよう」

菊次郎は、呆気《あっけ》にとられて見ているおつるを促して、二人でその場から駆け去った。

「菊次郎さん、強いのねえ」

おつるの声は弾んでいた。

「いや、とにかく夢中で、何が何だかわからねえうちにやっつけていたよ。弱《よえ》え奴らだねえ。不様な姿を見せちまったから、すぐに町からいなくなるさ」

菊次郎は駆けながら顔を掻いた。

おつるはうっとりとして菊次郎の横顔を見つめている。

――おれはこの娘が好きだ。

自分自身ごまかしていた、おつるへの恋情が、今確かなものとなって、菊次郎の心と体を真っ直ぐ縦に貫いていた。

――だが困った。

並んで駆けるおつるは、

「菊次郎さん、ありがとう……。あなたはわたしとおっ母さんの守り神だわ。ずっと……」

と、まくしたてて沈黙した。

〝ずっと……〟に続く言葉は、きっと〝傍にいて〟なのであろう。

しかし、それはいささかはしたないと、おつるは口には出さず、胸の内に呑み込んでいるのに違いない。

それでも十分に、おつるの菊次郎への想いは伝わってくる。

それが困るのだ。

おつるを見守ってやりたい。

この先も、そっと助けてやるだけで自分は満足なのだ。

今日の二人のやくざ者が、以前からおつるに言い寄っているのは知っていた。

そのうちに陰で話をつけてやろうと思っていたのだが、道具の仕入れで目黒不動の門前に出ていたところ、絡まれているおつるを見かけて頭に血が昇ったのだ。

ところが、二人を伸したのはよいが、これがおつるの自分への恋心をかき立ててしまうきっかけになった。

それでは困るのだ。

菊次郎には、おつるには言えない秘密があった。

五

その夜。

お夏の居酒屋は、菊次郎の噂で持ち切りであった。

野次馬の中に、常連である車力の為吉、駕籠屋の源三と助五郎がいたから騒ぎになるのも無理はない。

「菊さんは強かったねえ」

「ああ、動きに無駄がねえや」

「今はやさしい男だが、昔は随分とならしたんだろうな」

と、話が弾んで、政吉は大喜びであった。

喧嘩の噂を聞いて、政吉が道具屋に駆けつけると菊次郎の姿はなく、おいしとお

つるを訪ねてみれば、

「菊次郎さんは、きっと冷やかされるのが嫌で、どこかに隠れているのでしょうね」

おいしは、おっとりとした口調で政吉に頷いてみせ、

「菊次郎さんらしいですねえ。わたしはもっとお礼が言いたいのに……」

おつるはその横で宙を見つめて続けたものだ。

これこそ、政吉が求めていた〝きっかけ〟であった。

おつるは明らかに菊次郎への想いを募らせている。

政吉は嬉しくなって、早くからお夏の居酒屋へ来て、菊次郎の噂を常連達から聞き、大いに盛り上がったのであった。

菊次郎が、あっという間に二人を伸してしまったと聞くと、先日、不動の龍五郎が言っていた、

「あの道具屋はただぐれた昔がある、そんなどこにでもいるような男じゃあねえや」

という言葉は正しく的を射ている。

それほどの腕っ節の持ち主であるから、人には言えない修羅場を潜っているのに違いない。

そして、それを恥じて、女に惚れるなどあってはいけないと、ことさら強く思っているのだ。

とはいえ、やくざ者からおつるを守ったことで、菊次郎の心の中にも、彼女を慈しむ気持ちがさらに生まれたであろう。

やくざ者を叩きのめした後、菊次郎はおつるを促して、二人でその場から走り去ったらしい。

その姿は仲のよい夫婦に見えたと、為吉、源三、助五郎は口を揃《そろ》えて言う。

「親方、こいつはもう何とかなるんじゃあねえですかねえ」

政吉は、同じく菊次郎の噂話を聞きたくて店に来ていた龍五郎に問うた。

龍五郎には、まだ何とも言い難かったが、話を聞けば痛快である。

「まだまだ行方はわからねえが、政が言う好いきっかけにはなっただろうよ」

と、期待を込めて応えた。

「まず温かく見守ってやることだな。それより、菊さんが伸した二人組が、この先何か企まねえか、皆で気をつけてやりな」

さすがにこういう気遣いは、龍五郎ならではであった。

「皆で、邪魔にならねえように、二人の後押しをしねえとな」

政吉の意気は大いに揚がった。

お夏はそんな政吉に、

「まったくおめでたい男だねえ……」

冷めた目を向けていた。

板場に並び立つ清次は苦笑した。

話を聞けば、菊次郎はただ者ではない。

そう容易く、おつると一緒になろうという気にはなるまいと、お夏と共に見ていたのである。

菊次郎が、おいし、おつる母娘を構うのは、たまさか道具屋の近所に、何やら訳がありそうな女所帯があったからであろうか。

そもそも何かの因縁があったからではないのか。

お夏と清次はそのように見ていたが、菊次郎がやくざ者二人を叩き伏せた時、

「おれはろくでもねえ男だ。だがこの世には、おれよりろくでもねえ男がいる。せめてそいつらと喧嘩をするのが、おれの罪滅ぼしなんだよ」

と、おつるに言った。これが堪らなく恰好がよかったと、為吉が店の中で皆に語るのを聞いて、思わず目を合わせた。

そうであった。菊次郎は十七、八年前に、夜の闇の中で会った、あの男である——。

その記憶が同時に、二人の頭の中に蘇ったのであった。

六

お夏の父・長右衛門が頭目を務めた、悪徳商人の蔵を荒らす〝魂風一家〟は、その筋で大いに恐れられた。

お夏と清次もその一党として暴れ回ったわけだが、蔵を荒らすうちに、色々なおもしろい場に遭遇した。

毎度、しくじりはおかさず、見事な盗みで、悪人達の鼻を明かした。それゆえ捕手《とりて》に追われたりはしなかったが、引き上げる際に他の盗賊とすれ違ったことが何度かあった。

既に蔵は空になっている。そこへこれから盗みに入らんとする連中には、長右衛門が、

「先に入らせてもらったぜ」

と、風呂に入ったかのような言葉をかけてやった。

〝魂風一家〟が押し入る先は、悪党の家ばかりであるから、同じところを狙う賊が捕えられてしまうのは忍びなかった。

大抵は、〝魂風一家〟と伝えれば、

「恐れ入りやす」

と、下手に出て、いずこかへ消えていった。

だが、一度だけ、蔵を荒らし悠々と引き上げんとしたところ、一党の中に見知らぬ者が一人紛れ込んでいたことがあった。

長右衛門は、すぐに気付いたのだが、しばらくそのままにさせていた。

〝魂風一家〟は精鋭揃いである。

紛れ込むだけでも大変なのに、そ奴は一家の一人として行動し、共にお宝を盗み

出して、逃げんとした。

それが実におもしろく興をそそられたのだ。

全員が黒装束に覆面をしていたので、顔を見られてはいなかったが、そのままには出来ない。長右衛門は、隠れ家へ向かう道中で、

「お前を身内にした覚えはねえぜ」

と、俄乾分に声をかけた。

「〝魂風〟のお頭とお見うけいたしました」

その男は、悪びれもせず覆面をとった。

夜目にも、引き締まった爽やかな顔であるのがわかる。まだ二十歳にもならぬ若者であった。

「どうかあっしを乾分にしてやってくださいまし」

と、彼は頭を下げた。

〝魂風一家〟の噂を聞いて、この若者は以前から仲間になりたいと思っていたらしい。

「若《わけ》えの、お前がおれ達に紛れたのは大したもんだ。どうして、おれの身内になり

てえんだい?」

長右衛門は、若者を一目見て気に入ったようで、やさしく声をかけてやった。

「あっしは、物心ついた頃から盗人の中で暮らしておりやした。ろくでもねえ男でございます。だが、この世にはあっしよりもろくでもねえ男がいる。せめてそいつらの鼻を明かしてやることができたら、罪滅ぼしになると思いやして……」

「それでおれ達の身内に?」

「へい……」

「おもしれえことを言う奴だ。気に入ったぜ。だが、おれはもうさんざっぱら暴れ廻って疲れちまった。〝魂風〟などと呼ばれる一味はそのうち消えちまうだろう。身内を増やすつもりはねえよ。互《たげ》えに会わなかったことにしてここで別れよう」

「お頭……」

「何と言おうが駄目なものは駄目だ。ついてくれればお前を斬る。ここに五十両ある。これをくれてやるから、もうこんな危ねえ真似はせずに、身近なところで人助けをして、まっとうに暮らしておくれな」

長右衛門は若者を諭し、五十両を与えてその場から帰らせた。

付きまとえば本当に斬られると悟ったのであろう。若者は分別した。

「よくわかりやした。このまま消えちめえやすが、お頭……、今宵一度きりではござえやしたが、あっしは、この月之助《つきのすけ》は、お頭の乾分になれたと思ってもようございますかい」

「勝手に思うが好いや。おれには月之助という乾分がいて、一度だけ勤めに加わった。おれもそう思うことにしよう」

「へい。ありがとうございます……」

月之助は、五十両を押し戴くと、

「きっとこの金で、人助けをしてみせやす」

そう言って姿を消したのであった。

「確か、月之助……。清さん、あの時の男が……」

「へい。道具屋の菊次郎に違いありやせん」

お夏と清次は遂に思い出した。

菊次郎が喧嘩をする前におつるに言った言葉は、あの日、月之助が長右衛門に言ったものと重なる。

もう随分と昔のことで、暗闇にその顔を見ただけなので、なかなか思い出せなかったのだ。

あの夜、一度だけ月之助は、お夏と清次にとっても仲間となった。

黒装束ながらも、仲間が一人増えているのは、お夏と清次にもわかったが、長右衛門が、

「気にするな」

と目で合図をしたゆえに、その時は仲間を一人どこかから連れてきたのであろうと思っていた。

それが、押しかけ乾分であったと知った時は、おかしかったが、あの頃はおかしな話にはこと欠かなかったので、いつしか記憶が上書きされていたらしい。

長右衛門が、そのうち〝魂風〟などという一味は消えてしまうだろうと月之助に言った通り、それからほどなく、長右衛門は病に倒れ、呆気なくこの世を去り、小売酒屋〝相模屋〟は店をたたみ、〝魂風一家〟も離散した。

その後、月之助は、菊次郎と名乗り、長右衛門に言われた通り、道具屋の主人となって、人助けの相手においし、おつる母娘を選んだのであろうか。

いや、それだけではないはずだ。

あれからの歳月。まだ若かった菊次郎は、ずっとまっとうに生きてきたわけではなかったのかもしれない。

そして、悔やんでも悔やみ切れない何かをしでかして、そのことに、おつるとおいしが絡んでいたのではなかったか。

そう考えると、菊次郎のおつるへの過剰ともいえる気遣いに納得がいく。

清次は思い入れをして、

「ただ一日だけでしたが、奴はあっしらの仲間でした。言葉をかわしたわけでもねえし、素顔で向き合ったこともねえ……。だが、何か悩みを抱えているなら、せめて聞いてやりてえもんですねえ」

低い声でお夏に言った。

「あたしも清さんと同じ気持ちだが、さて、どうやって聞き出すかねえ」

七

菊次郎は、やくざ者二人を伸してから、二日の間、道具屋を閉めて、ほとんど家へ寄りつかなかった。

あれこれ武勇伝を訊ねられるのが恥ずかしいのであろう。

「そういう人ですからね」

おつるは菊次郎らしいと心配しなかった。

彼女自身、一緒に駆け去ったあの日の嬉しさは、照れくささに変わっている。菊次郎と二、三日顔を合わさない方がありがたかった。

菊次郎はというと、お夏の店へ行くと常連達から、おつるとのことを真顔で勧められる気がして顔を出しにくい。

政吉の友情はありがたいが、彼は人に言えない事情を抱えているのだ。

それで、おつるを酌婦に引き抜こうとしていた酒場で一杯やって、

「あの娘には、おれの店の番を頼んでいるから、ここは諦めておくんなせえ」

と店の主人に言うと、主人はしどろもどろになって、

「もうあんな二人とは手を切りましたので。どうぞご勘弁願います」

と非礼を詫びた。

菊次郎の推測は当っていた。あのやくざ者はどこかへ消えたという。

菊次郎の凄腕に驚き、彼が口入屋の政吉と親しいと聞き、酒場の主人も慌てていたらしい。

「それを聞きゃあ言うことはありませんや」

菊次郎は、お近づきになりたいという主人の誘いを断って、噂が届いていない広尾町の方まで出張って酒を飲み、夜遅く家へ帰っていた。

そうしてあれこれ思案したが、彼が胸に抱える屈託は晴れなかった。

この夜も、千代が崎の台地をとぼとぼと歩き、冬の風に酔いを醒ましつつ家路についたのだが、道中見晴らしのよい高台で一服した。

盗人の中で育った菊次郎にとって、闇を歩くのはお手のものだ。

道端の倒木に腰をかけて体を休めると、少しばかり心が安らいだが、やがて人の気配に体が引き締まった。

「案ずるな。物盗りの類ではない」

すると声がして、少し離れたところに、黒い影が腰を下ろすのがわかった。

黒い影は武士のようだ。黒縮緬の着流しに落し差し、頰隠しの頭巾。物持ちの浪人の微行姿を思わせるが、夜分に、こんなところへ来るなど、ただの通りすがりとも思えない。

「あっしに何か御用で？」

菊次郎は、いつでも逃げられるように、四肢に力を入れた。

「用というほどではないが、ただ一夜限りとはいえ、仲間であった月之助のことが、少しばかり気になってのう」

「月之助……？　そういう旦那は？」

「昔、〝魂風〟の一味だった男さ」

「何だって……？」

武士の正体は、正しく〝魂風一家〟の一人であった河瀬《かわせ》庄兵衛《しょうべえ》である。

庄兵衛も月之助のことは覚えていた。

お夏と清次から、今は菊次郎という道具屋になって目黒へ流れてきていると聞き、

「そいつはおもしろい。おれはまだ菊次郎と顔を合わせておらぬゆえ、奴を捉えて話を聞き出してみよう」

と、菊次郎を追ってきたのだ。

「おれ達の一味に紛れ込んできたお前のことは忘れてはおらぬよ。ただ一日だけでも、〝魂風一家〟の仲間であったのだからな」

庄兵衛は静かに、彼自身も昔を懐かしみながら語ったのである。

菊次郎は黙って庄兵衛の話に耳を傾けた。

庄兵衛が語る昔話は、どれも月之助であった頃の思い出と符合した。

その話は、〝魂風一家〟の仲間でないと知るはずのないことで、

「旦那は、確かにあの夜、あの場にいなさったんですねえ」

菊次郎はやがて泣きそうになって、庄兵衛に向き直った。

「ああ、確かにいた。信じるかどうかはお前の勝手だがな」

「いえ、信じますよ。あん時、おれは若かったが、お仲間の内に、お武家さんが一人、姉さんが一人いたような……」

「その武家がおれだ。まともに向き合っての対面は勘弁してもらおう」

「わかっております」

「ついてくるというなら、あの日、お頭が言いなさったように、お前を斬る」

「へい……。それで、お頭は……」

「あれからほどなくして亡くなった」

「やはり左様で……」

「何故わかる？」

「そりゃあ、〝魂風〟でなきゃあできねえような盗みを、あれから見たことも、聞いたこともありませんから、そうじゃあねえかと」

菊次郎はそう言うと、目頭を指で押さえた。

庄兵衛もまた目頭を熱くした。遠い記憶の彼方にある、長右衛門の死が、今また蘇ってきて、彼を切なくさせたのだ。

「旦那こそ、今になってどうしてあっしに声をかけてくださったんです？」

「そいつはちょっとした縁だな」

「縁、ですかい」

「ああ、近頃お前を見かけてな。あの時の月之助だとわかったんだよ」

「そいつはありがてえ」

「だが、お前がどうも浮かぬ顔をしているから、昔の誼《よしみ》で話を聞いてやりたくなったのだよ」

「昔の誼……」

「一夜だけでも、お前はお頭が〝魂風〟の身内と認めなさった。生きるか死ぬかのお勤めを、共にしてのけた誼だよ」

「ははは、まったく嬉しゅうございますよ。お頭がお亡くなりになったってえのに、あん時そこにいなさった旦那が、今でもあっしを気遣ってくださるなんてねえ」

「見たところ、今のお前は人から好かれ、お頭に言われた通り、人助けに励んでいるようだが……」

「決して誉められたもんじゃあございやせん」

「あれから何かしでかしたか」

「へい。しでかしましてございます」

「取り返しがつかぬことか」

「さあ、そこがよくわからねえんで」

「おれもあれから歳をとった。少しは人の嘆きに耳を傾けて、意見を言えるようになったらしい。話してみぬか」

菊次郎は、ぽろりと涙を流すと頭を垂れて、

「お話しいたします……」

誰にも言えず気に病んでいた因縁を語りだした。

「あっしは、物心ついた時から盗人に囲まれて暮らしておりやした……」

孤児で盗人の頭に拾われ、その道で生きるしかなかった菊次郎であった。

だが、その頭は理をわきまえた盗人で、乱暴は働かず、少々蔵を荒らされても暮らしに困らぬところしか狙わないのを信条としていた。

その頭が死んで、一家は離散したが、今さら堅気になれぬ菊次郎は、ただ一人で富裕で阿漕な商売をしているという商家に忍び込み、盗人稼業を続けた。

調子に乗って次々と盗みを重ねたりはせず、物売りなどしながら、時に盗みをする暮らしを送ったのだ。

ところが、蛇の道は蛇である。世に〝魂風一家〟と呼ばれる盗人がいて、悪徳商人の蔵ばかりを荒らすと聞きつけ、何とかしてその一味に加えてもらおうと思い立った。

そして、〝魂風一家〟が押し入りそうな商家を見つけ、その動向を探っていると、ある夜願いが叶って、〝魂風一家〟と遭遇することが出来た。

まさに奇跡であった。

菊次郎は、まだ齢《よわい》十八であったが、盗人の腕は一級品で、同時に商家に忍び込むと、〝魂風一家〟に紛れ込んだのだ。

それからは、前述した通りとなり、〝魂風一家〟の乾分にはなれなかったものの、その夜限りの仲間と認められた。

その上、五十両をもらい、まっとうに暮らしつつ、人助けに生きろと諭された。

菊次郎は、長右衛門の言葉を深く胸に刻んで、その後は盗みを控えた。

しかし、十年前のこと、かつての仲間から一日だけで好いから助《す》けてくれと持ちかけられ、一度だけ盗み働きをした。

相手の商家は、非道な薬種問屋で、金儲けしか考えない薬屋にあるまじき男だと聞かされたのだ。

五十両の金も、そろそろ底をつきかけていた。

ろくでもない商人から金をかすめるのなら、それもよかろうと、義賊気取りで昔の仲間の一味に加わったのだ。

しかし、その昔の仲間はすっかりと変節していた。

商家が寝静まったのを見はからって忍び入り、気付かれぬよう蔵を荒らすという、盗人の本領を忘れ、雑な仕事で押し入り、気付いた家人を刃物で脅し、縛りあげ黙らせたのである。

「おい、手荒な真似はよせ……」

菊次郎は商家の十二、三歳の娘に乱暴を働かんとする一味の者から娘を奪い、

「頼むから静かにしてくんな。何もしねえからよう」

やさしく言った。

いくら阿漕な商人とはいえ、まだ大人にならぬ娘を刃物で脅し、縄をかけるとはとんでもないことである。

「おれが見張る。文句はねえな……」

菊次郎は盗人達を叱りつけ、娘と奉公人達を一間に押し込めた。

主夫婦の安否が気になったが、昔の仲間である頭目が、二人を蔵に連れていき、錠を開けさせていたので、この一間しか見張れなかったのだ。

娘は怯えていたが、菊次郎を見て、覆面をしているもののその態度はやさしく、命までとろうとはしないであろうと、奉公人達と共に落ち着き始めた。

菊次郎は、いざという時、子供をあやすために白飴を用意していた。

「こいつを食べな、うめえよ……」

自分もひとつ口にしてから、それを娘に与えた。

娘はそれをなめると、甘みが口に広がり思わず頬笑んだ。

「飴は好きかい？」

娘はこっくりと頷いた。

「すまねえな、もう少しだけ辛抱してくんな。おれ達はこんなことをしねえと、生きていけないのさ……」

菊次郎は、愚にもつかぬ言い訳を、娘と奉公人達相手にしていた。

やがて、仕事が終ったと合図がきて、

「許しておくれよ……」

菊次郎は、娘と奉公人達を止むなく縛りつけて、仲間と共に店を出た。

主夫婦は同じく縛られていたが、命は無事であった。

——阿漕な商売をした報いさ。

菊次郎はそう思うことで、後味の悪さから逃れんとしたが、かつての兄貴分であ

る一味の頭目には、

「兄ィ、お前を見損ったぜ。いつから外道に成り下がったんだい」

やり方が気に入らない。二度と声をかけてくれるなと喧嘩別れをした。

それから菊次郎は、ほとぼりを冷まさんと旅に出たが、ふと襲った薬種問屋が気になった。

もしかすると、兄貴分の盗人は菊次郎に嘘をついていたのではないかと思えたのだ。

かなり阿漕な商売をしているから、蔵を荒らして鼻を明かしてやりたいのだと兄貴分は言った。それゆえ助っ人に加わったのだが、果してそれは本当だったのか――。

かつての仲間を信じ、ろくに調べもせずに加わったことを菊次郎は悔いた。

調べてみると、薬種問屋はまっとうな商いをしていたという。

むしろ利益を度外視して、安価で薬が手に入るよう働きかけたので、同業者に睨まれていたくらいであった。

そっと訪ねてみれば、もう薬種問屋はなくなっていた。

薬草の仕入れのための金を盗人に奪われ、主人は失意のなか病に陥りやがて亡くなった。店は左前になり、遂には閉店を余儀なくされたのだ。

あの日、白飴をなめて頰笑んでくれた娘は、母親と二人で、どこかへ越していったという。

菊次郎は愕然とした。

まず、自分を騙した盗人の頭目を見つけ出して殺してやろうと思った。

そうして捜し廻っているうちに、その頭目が別件の盗みで火付盗賊改方《ひつけとうぞくあらためかた》の役人に追われ、手向かい斬られて死んだことがわかった。

菊次郎は彼の死によって、追手の心配はなくなったが、騙された空しさと後悔が残った。

それからは一念発起して、二度と盗みに手は出さないと心に誓い、薬種問屋の母娘を捜した。

そして、やっとのことで見つけ出したのが、目黒で暮らす、おいし、おつる母娘であったのだ。

「そうかい、あれからそんなことがあったのかい」

庄兵衛は、しみじみと言った。

「それで、そっと見守るつもりが、その娘に惚れてしまった……。そうだな」

「へい……」

「ふふふ、そいつは困ったなあ」

「困りました」

「だが、話して少しは気が楽になったか」

「随分と楽になりました」

「それならよかったよ。お前は一夜限りとはいえ、おれの仲間だからなあ」

菊次郎には河瀬庄兵衛の正体がわからない。

だが、俄に現れた〝仲間〟は、彼にとっては心の中に降臨した、救いの神仏に思われた。

冬の野に吹く夜風は冷たかったが、菊次郎の心と体は、ぽかぽかと温かくなってきた。

それからしばし菊次郎は、庄兵衛相手に思いの丈をぶつけたのである。

八

菊次郎にとって、真に不思議な〝一夜限りの仲間〟との出会いから二日が経った。

昼を過ぎて、菊次郎はおつるを近くの八幡宮の境内に呼び出した。

おつるが長屋を出て、表の通りへ出たところを道具屋の内から見て、呼び止めたのだ。

おつるは満面に笑みを浮かべた。

やくざ者二人から守ってくれて以来、菊次郎は照れくさがって、道具屋の奥に籠《こも》り、店を空けてばかりいた。

そろそろいつもの菊次郎に戻ってくれる頃だと思っていたので嬉しかったのだ。

そして、おつるの心はもうすっかりと菊次郎に傾いていた。

この日、八幡宮に誘ってくれたのは、二人の仲をさらに深めるきっかけを作ろうと思ったからではないのか――。

そういう期待に、胸を震わせたのである。

しかし、菊次郎の表情は暗く翳っていた。

恋心を示さんとする緊張とも思えなかった。

「菊次郎さん、どうかしたの？　この前のことで何か困ったことでも……」

おつるは上目遣いに菊次郎を見た。

「おつるちゃん……」

菊次郎は祠の隅におつるを誘うと、両の拳を握り締め、

「おれは、お前が好きだ。心底惚れているよ。こんな気持ちになったのは初めてだ……」

体の底から絞り出すように言った。

「菊次郎さん……」

おつるは感激の面持ちで、潤んだ目を菊次郎に向けた。彼女の瞳は、わたしも同じ想いですと告げている。

菊次郎は目を閉じて、しばし思い入れをすると、

「だからこそ、お前に隠しごとはしたくない。だがお前は話を聞きゃあ、おれを嫌《きれ》えになるだろう。それどころか、おれを殺したくなるかもしれねえ。それでも、お

れはやはり黙っていられねえ。お前に殺されたって本望だ……」

一気に己が想いを吐き出した。

おつるは目を見開いて、

「菊次郎さん……、隠しごとって、いったい何なのです？　どうしてわたしが菊次郎さんを嫌いになるの？」

と、訴えるように言った。

「おつるちゃんは、牛込の薬種問屋のお嬢さんだったねえ」

「そんな話をしたかしら」

「おれは知っているのさ。その頃に一度だけ会っていたからねえ」

「え……？」

「十年ほど前に、お店に盗人が押し入ったね」

「あの頃に菊次郎さんと？」

おつるは、思い出したくない過去を、いきなり菊次郎に持ち出されて、激しく動揺した。

「おつるちゃんは、盗人の一人に奉公人達と一間に押し込められた。その時、見張り役の盗人が白飴をくれたはずだ」

「白飴を……」

おつるは、困惑しながらも記憶を辿った。

すると、見張り役の一人がおつるを庇い、白飴を差し出してくれた光景が蘇ってきた。

「まさか……」

おつるは何度も頭を振った。思いついたことがあったが、まさかそんなはずはない――。

「その、まさかなんだよ。あん時、お前に白飴をあげた見張り役は、このおれだ」

菊次郎は、重苦しい声で言った。

「おれはあの日、おつるちゃんの家を狙った盗人の一人だ……。すまなかった。詫びのしようもねえ。おれは仲間に騙されて、盗みに加わっちまった。だが、罪は罪だ。言い訳はしねえ。役人に突き出すというなら、そうしてくれりゃあいい。お前の望み通りにしてくんな」

そして深々と頭を下げた。

「そんな……、そんな……」

おつるは泣きじゃくった。

あの見張り役は、白飴を自分に与えて、

「すまねえな、もう少しだけ辛抱してくんな」

と、まだ子供のおつるにやさしく接してくれた。

だが決して許せぬ盗人の一人であった。

あの日、飴が好きかと問われ頷いた自分を覚えていて、菊次郎は何かというと、〝桐屋〟の白飴を自分に買ってきてくれたのであろうか。

「わたしが好きだから、何もかも打ち明けた……。菊次郎さん、あなたはひどい人だわ」

おつるは心乱れ、菊次郎を詰った。

「罪滅ぼしのつもりで、わたし達母娘に近付いて、親切にしてきた。だから許してくれというの！」

「いや、許してくれとは言わねえ」

「ええ、許せない。あれからわたしの家は不幸せが続き、店は人手に渡り、お父っさんは気うつを病んで死んでしまった……。みんなあなた達のせいじゃないの！」

「その通りだ……」

「おまけにわたしの気持ちを弄《もてあそ》んで……。どうしてのこのこと、わたしとおっ母さんの前に出てきたのよ！　すんだ話と諦めて、前を見て生きてきた母《おや》と娘《こ》を、どうしていたぶるの？　泥棒は泥棒らしく、ずうっと隠れていたらいいのよ！」

「おつるちゃんの言う通りだ。だが、おれはまさかあの店が、潰れてしまうとは思いもよらず、おれなりに何とか罪を償いたいと……。そのうちに、お前に惚れちまって、黙っていられずに……」

「親の仇に惚れられて、喜ぶ子がどこにいるの？　いっそのこと隠し通してほしかった……」

「すまねえ……。本当にすまなかった」

「あの日の白飴に免じて、訴え出るのはよしにしますから、ここから出ていってくださいな」

「わかった……。三日のうちに出ていくよ。その間にどうしてもしなければならねえことがあるんだ。それまでは、近くに憎い男がいるのを辛抱してくんな。お前に惚れたのは嘘じゃあねえ。言えばこうなるとわかっていながら……、ははは、まったくどうしようもねえや……」

菊次郎は、自嘲の笑いを漏らすと、

「それと、こいつだけはとっておいてくんな」

懐から二十五両の金を取り出して、おつるに渡した。

それは、あの日におつるの生家へ盗みに入った時の前金であった。

後金の二十五両は、かつての兄貴分と喧嘩別れをしたためもらわなかった。

しかし前金だけは、何かの折に人助けの役に立てようと、使うことなく隠し持っていた。

今ここにおいて、おつるの役に立ててほしかったのである。

「こんなお金は要りません」

おつるは金を突き返そうとしたが、

「そもそもこれは、お前とおいしさんの金なんだよ。要らねえのなら、一旦受け取ってから捨てりゃあいいさ」

菊次郎は強い口調で言うと、おつるの手に金包みを握らせた。

おつるの白い小さな手は、冷たかった。

ほんの一瞬、自分の手の温もりを、惚れた女に伝えると、菊次郎は足早にその場から立ち去った。いつか折を見て、この金を渡し、母娘の前から消えてしまうつもりであったのだ。

すぐにでも目黒を出たかったが、俄に彼の前に現れた一夜限りの仲間との約束が残っていた。

仲間とは河瀬庄兵衛に他ならないが、庄兵衛が菊次郎と話し、意見したことには、お夏と清次、髪結の鶴吉、船漕ぎの八兵衛《はちべえ》といった仲間の想いが込められていた。

あの夜、庄兵衛は菊次郎の悩みに、

「辛いだろうが、すぐにでも本当のことを打ち明けるべきだ。惚れているなら尚さらだ」

と、説いた。

「話せばまず十中八九、お前は娘にふられてしまうだろう。だが、話さぬまま娘がお前に想いを寄せるようになるのは大きな罪だ。いつか渡そうと思っていた金があるなら、何もかも打ち明けて、そいつを渡して町を出ることだな。どうせ次の行く先は決めていたのだろう……」

義理が絡んでいたとはいえ、騙されて盗みに手を貸したのは、菊次郎の大きなしくじりであった。

しかし、考えようによっては、菊次郎がいたから薬種問屋の者達は死なずにすんだのだ。

おつるの手にまとまった金を渡してやることも出来るのだ。

その点では、何とか菊次郎なりに帳尻を合わせられよう。

庄兵衛は菊次郎の悩みを聞いた上で、そのように応えてやったのだ。

「四日後の八つに目黒不動仁王門の傍にある掛茶屋へきてくれ。どうなったか、仲間として知りたい。おれの方から声をかけるから、それまでに頭の中で話をまとめておいてくれぬかな」

庄兵衛は、そう言い置いて暗闇の中、消え去ったのだ。

庄兵衛が言った四日後は、明後日にあたる。

話し終えた時は、その報告がいささか煩わしく思えたが、泣きじゃくるおつるを残して立ち去る、今の菊次郎にとっては、心のよりどころとなっていた。

この町では政吉にも世話になった。

ゆえあって町を出なければいけなくなった、黙って行かせてくれ。

それくらいの挨拶はせねばなるまい。

そうして、今日の顚末を〝魂風〟の仲間に聞いてもらおう。

話せばまた新たな決意をもって、明日を生きられるような気がしてきた。

思えば、ずっと自分は一人であった。

気を許せる仲間とてなく、一処に落ち着くこともなく、いつも控えめに生きてきた。

ただひとつの幸運は、一夜限りとはいえ憧れていた〝魂風一家〟の身内になれたことだ。

なんと彼らは、お頭の死によって離散したというが、一夜限りであったというのに、自分を忘れずにいてくれて、手を差し延べてくれた。

——あのお武家は、また何かおれに弾みをつけてくださるに違《ちげ》えねえ。まったく好い歳をしてみっともねえや。

菊次郎は、三十半ばを過ぎて、随分と歳が離れた娘への失恋の痛みに苦しむ自分に呆れていた。

だが、そういう自分が、どこか誇らしくもあった。

九

その日を迎えるまで、菊次郎は実に慌しく過ごした。

道具屋の始末を家主に頼み、口入屋の政吉には、

「せっかくあれこれと世話をしてくれたのに真に申し訳ねえが、実はおれには、おつるちゃんとおいしさんにちょっとした因縁があってね、その因縁をきれいにしようと思ってここへきたんだが、どうしても埒《らち》が明かねえ。そっと出ていくから、何も訊かずにいてくれねえか」

と、断りを入れた。

政吉はこんな時、あれこれ問わぬのが、気が置けぬ友への礼儀だと心得ている。

「そうかい、おれを男と見込んで話してくれたんだ。こんな嬉しいことはねえや。

そうとも知らずに余計なお節介をしちまったようだ。勘弁してくんなよ。どこへ行こうが構わねえが、目黒には不動の龍五郎という口入屋がいて、そこに政吉という馬鹿がいることを忘れねえでおくれな。落ち着いたら便りをくんな。こいつは、きっとだよ……」

こんな言葉で応えてくれた。

菊次郎は感じ入り、

「ああ、政吉つぁんはおれの大事な仲間だ。この先も水くせえことにならねえよう、気をつけさせてもらうよ」

真っ直ぐに政吉を見て告げたのだ。

人に心を開いてはいけない――。

いつしかそれが信条となっていたが、自分から心を開かねば、仲間は出来ない。

そんな当り前のことを、菊次郎は三十半ばにして思い知らされていた。

そういう意味では、おつるに包み隠さず打ち明けたのは何よりであった。

二日経てば、失恋の痛みよりも、人に正面から向き合い、己が恥部をさらけ出した爽快さが、菊次郎の心と体をすっきりとさせていた。

目黒不動仁王門傍の掛茶屋に、〝魂風一家〟の仲間は来るという。

顔も名も知らぬが、一緒にいると誰よりもほっとするのはどういうわけであろう。

日の高いうちに茶屋で話を聞こうというのだ。あの武家は自分の前に姿をさらすのであろうか。

それとも、

「前を向いたままでいよ……」

などと言って背中合わせに床几に腰をかけ、菊次郎の話を人混みに紛れて聞いてやろうというのであろうか。

いずれにせよ、女にふられて、これからすごすごと町を出るというのに、その話を聞いてもらうのが、これほど楽しみになるとは――。

あの仲間のお武家が、四日の後に話を聞こうと言ったのは、それだけ経てば心も落ち着くだろう、気分も新たに明日を生きよという意味ではなかったか――。

仁王門は、この日も人で賑わっていた。

あれから、おつるとおいしとは顔を合わせていないが、おつるは母親に菊次郎の話をしたのであろうか。

彼女もまた、この二日の間に思案を巡らせ、菊次郎が町から消えてから、おいしに真実を告げるに違いない。

菊次郎は、せめてあの二十五両で幸せの糸口を母娘が摑んでくれたらと、御不動様に願をかけ、掛茶屋の床几に腰をかけた。

しばらく件の武家が来るのを待ったが、河瀬庄兵衛は姿を見せなかった。

――何かあったのかもしれねえな。

そもそも盗みの場で知り合った相手だ。何が身の回りに起こるか知れたものではないのだ。

――まあ、しばらく待ってみよう。

のんびりと青い空を見上げ、再び目を落した時、彼の目におつるの姿が映った。

「おつるちゃん……」

菊次郎は、目を見開いた。

おつるは決まりが悪そうに俯《うつむ》くと、菊次郎の隣に腰を下ろして、

「こんなものが、あの日の次の朝に……」

菊次郎に一通の文を手渡した。

怪訝《けげん》な顔でそれに目を通すと、それは正しく件の武家が、おつるへ宛てた文であった。

それには、自分は菊次郎の仲間内の者だ。どうか頼みを聞いてもらいたい。明日、八つに菊次郎が仁王門傍の掛茶屋に現れるから、その間に心を落ち着かせて、奴と会ってやってくれないか、と書かれてあった。

「それで、わたしも心を落ち着けてみたのですよ。そしたら、おかしなものね……。菊次郎さんを憎む気持ちより、会いたい気持ちが強くなって……」

「おつるちゃん……」

それから、菊次郎とおつるは、ぽつりぽつりと話し始めた。

二人がどんな話をしているか、確と知れぬが、男女の姿をそっと眺めている、お夏と清次の目には、菊次郎とおつるの体から緩やかに緊張が解けていくのが手に取るようにわかった。

「清さん、この先二人はどうなるんだろうねえ」

「さて、好きなようにしてくれってところですよ」

「ふふふ、まあそうだね……」

「河庄《かわしょう》の旦那に知らせねえといけませんね」

「ああ、首を長くしているだろうからね」

お夏はふっと笑うと、

――お父っさん、あん時、お父っさんが仲間と認めた月之助が、菊次郎となって、ちょいと好い恰好をしておりますよ。笑ってやっておくんなさいな。

心の中で長右衛門に語りかけていた。

第四話　年取りそば

一

一刀流中西派の剣客・坂村信二郎《さかむらしんじろう》が、お夏の居酒屋に顔を出したのは、三月《みつき》ぶりのことであった。

「おや、先生、お久しぶりで」

「近頃はお忙しそうで何よりですねえ」

「ご新造さんは、お変わりござんせんか」

お夏と清次が迎えるより先に、信二郎の周りには、たちまち常連客が集まってきた。

この店での信二郎の人気のほどがわかるというものである。

「女将、無沙汰をした。三月くらいきておらなんだな」

「そんなところでしょうよ」

お夏の顔も綻んだ。

坂村信二郎は、かつて剣術道場で抜群の腕を誇ったが、生一本な気性が災いして兄弟子と衝突し、水茶屋の用心棒をしながら絵師への転身を図ったことがあった。

その水茶屋は、お夏の居酒屋にほど近い六軒茶屋町にあり、信二郎もよく店へ一杯やりに来ていた。

水茶屋で茶立女をしていたおのぶは、病いがちの母・お梅《うめ》を支え、毎日のようにお夏の店で菜を買い求めていた。

信二郎とおのぶは、やがて恋仲となり、一時は別れて暮らしたが、紆余曲折を経て、昨年に晴れて夫婦となり、信二郎は麻布三之橋近くに剣術道場を開いて、おのぶ、お梅と共にここへ移り住んだ。

初めのうちこそ、方便がままならず、信二郎は内職に襖絵《ふすまえ》や屏風絵《びょうぶえ》など描いたものだが、次第に門弟も増え、剣術指南を請われての出稽古の声もかかるようになり、絵は道楽になっていた。

強くやさしく、少しもぶったところのない信二郎。

母親思いで、

「わたしは頭が悪いし、のろまでおたふくだから……」

と、いつも明るく、人の心をほのぼのとさせるおのぶ。

居酒屋で人気の二人が、三年以上の空白をものともせず結ばれた時、常連達は狂喜したものだ。

今は目黒から離れ、以前のように度々店へ来られなくなったものの、夫婦は時折やってきては幸せぶりを見せていた。

「坂村先生とおのぶちゃんが幸せでいてくれると、おれは何やらほっとするのさ」

常連肝煎の不動の龍五郎は、口癖のように言うが、それは皆の想いだ。

それゆえ、少しでも幸せのおこぼれに与ろうと、客達は信二郎の傍へと寄ってくるのだ。

しかし、客達の言葉にいちいち応えるものの、この日の信二郎には、いつもの人をとろけさせるような笑みが見当らなかった。

日頃は、人の機嫌に無頓着なお夏であるが、

「二、三日様子を見れば、自ずと何があったかわかるさ」

と、打ち捨てておけるほど、信二郎は何度も店に来るわけでもない。

さすがに気になり、熱くつけたちろりの酒を運びながら、

「先生、忙しすぎてお疲れですかい？」

と、声をかけた。

「しけた顔をしているか？　ははは、これはいかぬな。いや、皆に訊ねようか、訊ねぬ方がよいか、考えごとをしていたのだよ」

お夏に問われて、信二郎は我に返ったように、持ち前の笑みを浮かべた。

「先生、皆に訊ねようか、訊ねぬ方がよいか考えごとをしていた、なんて聞いちまったら、こっちもお訊ねせずにはいられませんや」

すかさず龍五郎が問うた。

「うむ、親方の言う通りだ。余計なことをすぐに口走ってしまうのが悪い癖だ……。そうおのぶに言われてな。話す前に一度考えるようにしているのだが、それこそ余計であったな」

「おのぶちゃんがそんなことを……。立派なご新造になったもんだ」

「訊ねようと思ったのは、昭之助《しようのすけ》のことなのだ」

「お弟子の？」

「ああ、弟子の髙山《たかやま》昭之助だ」

お夏を始め、店にいた者は皆、小首を傾げた。

「そういえば、近頃見ねえな」

龍五郎が腕組みをした。

「婆ァ、食べにきているかい？」

「いや、見かけませんねえ」

お夏は応えた。

「近頃は先生のお稽古場に籠って、剣術の修行に明け暮れているんだろうなと、思っておりましたよ」

龍五郎は大きく頷いて、

「あっしもそう思っておりやしたよ。稽古熱心な人でしたからねえ」

「そうか、やはりここへもきてはおらなんだか……」

「どうかしたんですかい？」

「いや、それがこのところ、稽古を怠るようになってな……」

二

去年の桜咲く頃に、坂村信二郎は、麻布三之橋の西詰に、晴れて己が剣術道場を開くことになった。

ちょうど空き家になっていたのを、不動の龍五郎が見つけてきたのだ。

お夏の居酒屋に馴染の深い、元・南町奉行所定町廻《じょうまちまわ》り同心・濱名茂十郎《しげじゅうろう》は、兄の子である又七郎に職を譲ってからは剣術三昧の暮らしを送っていた。

方々の剣術道場で剣を学び、また出稽古に赴くことも多く、その紹介で数人の剣士が坂村道場に入門した。

また、数年前に、信二郎はおのぶにまとわりつき、彼女を売りとばさんとした、おのぶの異母兄・石坂敬太郎《いしざかけいたろう》とその仲間を白金《しろかね》の夜道で見事に打ち倒した。

坂村信二郎の武名は大いにあがり、それを覚えていた者もいて、彼を師と仰ぐ弟子は着実に増えていった。

中でも髙山昭之助は、信二郎にとっては、特に思い入れのある弟子であった。

彼は、かつて信二郎が通っていた剣術道場での兄弟子の忘れ形見なのだ。

兄弟子は髙山昭太郎《しょうたろう》といった。

生一本で、何かというと、

「それは筋道がおかしゅうござりまする」

などと嚙みついて喧嘩口論を起こす信二郎を、

「お前の言っていることは間違《まちご》うてはおらぬ。だが、ぶつかってばかりでは先に進まぬぞ。黙って修行を積んでいれば、お前ほどの腕なら、あっという間に上達しよう。その強さを稽古で見せつけてやれ。そうすれば、物言わずとも喧嘩をせずとも、誰もがお前に一目置く。お前が心に思うことは、その時まで胸の内にとっておくがよい」

そう言って諭してくれた。

ただ説教をするだけでなく、昭太郎はこんな時、必ず酒を飲ませてくれたものだ。

歳も随分と上であったから、信二郎もこの兄弟子の言うことだけは素直に聞けたのである。

それほど剣は強くなかったが、蓄財に長けていて、どこか人を食ったようなところが誰からも愛されていた。

だが、昭太郎の戒めも空しく、やがて信二郎は、他の兄弟子と衝突して道場を出てしまう。

そのことに未練はないが、昭太郎に対しては、

――すまぬことをした。

と、心に引っかかりながら疎遠になってしまったのである。

己が道場を構えた時、

「高山殿に会《お》うて、あの時の礼をいたそう」

そう思い立って、行方を求めたが、信二郎がかつて通っていた道場も今はなく、高山昭太郎の行方も知れなかった。

若き日の己がいたらなさを悔やんでいると、

「わたくしを弟子にしてくださりませ」

俄に信二郎を訪ねてきたのが、昭之助であった。

「高山昭太郎殿の息子とな……」

話を聞いて、信二郎は驚愕した。

「父から、坂村先生のお話は、何度も聞いておりました。いつかきっと先生は立派な剣術師範となられる。その折は、弟子にしてもらえと言われていたのでございます」

そして昭之助は、信二郎の噂を聞きつけ、駆けつけたのだという。

「某《それがし》でよければ、いつからでも指南いたそう」

信二郎は、是非もないと引き受けて、

「して、お父上は息災かな……」

と訊ねてみれば、

「いえ、二年前に身罷《みまか》りましてござりまする」

と告げられた。

「左様か……」

信二郎はがっくりとうなだれてしまった。

そのうちに会おう。

そのうちに会ってあの時の礼を言おう。

あの時の未熟であった自分の無礼を、詫びよう。

そんなことを考えていたというのに、髙山昭太郎は再会を果さぬうちに亡くなってしまった。

そのうち、そのうちと勝手な言い訳を自分自身にしていた。

――恥じ入るばかりだ。

やり切れぬ想いに襲われた信二郎は、

「そなたのお父上には世話になったというのに、何のお返しもできなんだ。せめて、そなたを立派な剣客にしてみせよう」

と誓ったのだ。

昭太郎は、蓄財に長けていたゆえ、昭之助は貧苦に窮することなく、亡父同様おっとりとした気性に育っていた。

思えば、昭太郎に世話になっていた頃、昭之助は既に育ち盛りであったはずだが、

「父は、同じ道場にわたしを入れとうはなかったようで……」

傍にいると甘やかしてしまうと、昭太郎は息子を違う道場に通わせていたらしい。

妻子を人前に晒さぬのが昭太郎の信条で、それゆえ信二郎は、兄弟子にこのよう

な立派な息子がいると知らなかったのだが、稽古をつけてみると筋もよく、

――おのぶ、道場を開いたばかりというのに、よい弟子に恵まれたぞ。

信二郎は、妻のおのぶに喜びをそっと伝えたものだ。

昭之助は幼い頃に母を亡くしていて、先年父を亡くし、成人してからは独りで暮らしてきたという。

しかし、父・昭太郎がそれなりの貯えを遺してくれたので、文武に励みつつ方便を立ててこられた。

そして、父が生前話していた通り、坂村信二郎の弟子になれたことは、

「真に恐悦でござりまする」

と、喜びを顕《あらわ》にした。

この弟子を信二郎が、かわいがらぬはずはなかった。

いつか坂村道場を、今よりもっと立派なものにして、その時は草創の頃からいる昭之助を師範代にして、やがてどこかで道場を構えさせてやろう。

そこまで先を見越して、鍛えたのである。

昭之助は、坂村道場に入門するに当って、自ら田島町に住まいを見つけていた。

方便が立つのかと問えば、

「まだ、父が遺してくだされた貯えも、いささか残っておりますし、内職も見つけてござりますれば、ご案じくださらずともようございます」

しっかりとした応えが返ってきた。

「内職もよいが、それに引きずられては稽古が疎かになるゆえ、ほどほどにな……」

信二郎はそのように諭したが、まだ内弟子を置くほど、自分自身の暮らしが充実していない。

「甲斐性のない師匠ですまぬな」

と、詫びつつ、時におのぶが拵える料理を食べさせ、お夏の居酒屋へも連れていって、

「こいつをよろしく頼むよ」

と、皆に引き合わせもした。

田島町からお夏の居酒屋へは、決して近いとはいえないが、坂村信二郎の弟子と知れば、あれこれ面倒を見てくれるであろう。

信二郎は、こと細かに昭之助を気遣ってやったのだ。

昭之助は律儀な男で、師に勧められた居酒屋には、時折顔を見せに行かねばなるまいと、

「女将さん、清さん、食べにきたよ……」

師匠譲りの爽やかな笑みをふりまいてきた。

それゆえ、お夏も清次も、居酒屋の常連達も、昭之助に好感を抱き、

「坂村先生は、女房にも弟子にも恵まれて、結構だね」

と言い合い、昭之助の姿を見かけると、世話を焼いてきた。

言われてみれば、確かにこのところ髙山昭之助の姿を見かけなかったが、まさか、

「稽古を怠るようになってな……」

などという言葉を、坂村信二郎の口から聞くとは、思いもよらなかったのである。

「稽古を怠る？　どこか具合が悪いんじゃあねえですかい？」

龍五郎が言った。

客達も皆、相槌を打っている。

信二郎は、立て続けに盃を干し、

「おれもそう思っていたのだよ」

三日ばかり来なかったので、信二郎は弟子の身を案じた。

稽古に来なくなった前日、昭之助はやたらと溜息をついていたように思える。

それが病にかかる前触れであったのかもしれない。

愛弟子とはいえ、昭之助は通いの弟子である。

日々の暮らしを送っていれば、あれこれ故障も起ころう。

ひょっとして病に臥せっているのかもしれないが、二、三日来なかったからといって、家まで様子を見に、他の弟子をやるのも憚られる。

そっとしておくと、またいつものように道場へやってきて、

「申し訳ございませんでした。ちと、風邪をこじらせたようで、人にうつしてもいけないと思いまして、養生をさせていただきました」

と言う。

やはりそんなところであったのかと、ひとまず安堵していたのだが、それからまた、風邪がぶり返したと言って、一日休み、昼から稽古に来たりして、落ち着かなかった。

信二郎は無理にでも稽古に来いとは決して言わない。

稽古は己がためにするもので、無理強いされて上達するはずがないのだ。

それでも身体壮健で、剣術修行に余念のなかった昭之助であるだけに、信二郎は気になっていた。

すると、俄に昭之助は、

「先生、実は父が生前ひとかたならぬ世話を受けた御仁が、病に倒れているとのことでございまして、是非見舞いに参りとうございます……」

数日江戸を離れると言い出した。

そう言われると是非もない。

小遣い銭まで与えて行かせてやった。

それが一昨日のこと。

「だが、昭之助はおれに嘘をついていると思うのだ」

信二郎は、ぽつりと言った。

「え？　昭之助さんが？　あの人が先生に嘘などつくはずはねえでしょう」

龍五郎が目を丸くした。

「いや、昭之助はやさしい男でな。それゆえ、嘘をつかねばいられなくなったのであろう」

「どういうことです……」

お夏も訊ねずにはいられなくなった。

「こんな話をするのは気が引けるのだが、昭之助には近頃、女ができてな……」

「えッ！」

居酒屋の内で、一斉に驚きの声があがった。

「奴も二十歳を過ぎているのだ。女の一人や二人いたとておかしくはない。だが見たところ、どうも厄介な相手に惚れられたようで、皆に話を聞いてもらいたくなったというわけだ……」

三

「昭さん、お前、何やら浮かない顔をしているねえ。そんなにやっとうの稽古が恋しいのかい」

おきんは、絡みつくような目を、高山昭之助に向けた。

昭之助は家の奥の一間にいて、小庭を見つめながらぼんやりとしている。

「昭さん……、聞いているのかい……」

おきんは、昭之助の傍へと寄って、筋骨隆々たる彼の右肩を、自分のはかない左肩でつついた。

「そりゃあ、稽古場が恋しいさ。おれは剣の道を志しているのだからな」

昭之助は、怒ったように言った。

「おやおや、恐い顔をしてなんだい……」

おきんの顔に険が立った。

「五日や六日稽古をしなくったって、好いじゃあないか」

「そういうものではないんだよ」

「じゃあ、どういうものなんだい？　少しばかり稽古をしなくったって、それがかえって骨休めになって、力が出るってものさ」

「骨休めだと……？」

「そうさ、心も体も時には休めないと、かちかちに固まってしまうのさ」

「このところ、おれは休んでばかりだ」

「たとえ一月竹刀《しない》を握らなくったって、体が術を覚えている……、それが達人なんじゃあないのかい」

「おれは達人じゃあない。だから、術を体に覚えこませるための稽古が欠かせないんだ」

「ふん、それくらいの力しかないのなら、やっとうなんてやめちまいなよ」

「やめてどうする」

「ずうっと、そこに座っていてくれたら好いじゃあないか」

「馬鹿なことを……」

「何が馬鹿なんだい。そもそも昭さんが、よその女にちょっかいを出すから、こんな罰を受けないといけなくなったのさ」

「よその女にちょっかいなんか、出してはいない」

「じゃあなんだい。色目をつかってきた女の誘いに、ちょいとばかり乗ってやったってところかい」

「お前の思い込みだ。よかったら一度、うちの店にも飲みにきてくれと言われただけじゃあないか」

「昼が耳につくくらいのところで言われて、脂下《やにさ》がって……。ああ、いやらしいったらありゃあしないよ」

「お前が店を空けるから、帰ってくるまで、おれが相手をしただけだ」

「お酒が切れたから、ひとっ走りしたのさ」

「もういいだろう、おれはこうして、お前に言われた通り、五日の間、ここにいることにしたのだから」

「そんならせっかく傍にいるんだから、もうちょっと楽しそうな顔をおしよ」

「お前が死んでやるというから、罰とやらを甘んじて受けたのだ」

「だから何だい？」

「罰を受けている者が、楽しそうな顔ができるか」

「もう……、そんなに怒らないでおくれよ……」

痴話喧嘩は、おきんの鼻にかかった声で締め括られ、おきんは昭之助の体に身を預けるのである。

おきんは、麻布西徳寺門前で、〝耳垢取り〟をしている。

もっとも、本職は〝鍼灸《しんきゅう》〟である。

子供の頃に、小石川の鍼灸医の許で奉公をしていたのだが、〝門前の小僧習わぬ経を読む〟のたとえのごとく、いつしか鍼灸の術を覚えてしまった。

医師は、おきんの才を称え、自分が隠居するにあたって、

「おきん、お前なら務まろう」

と、道具類を譲ってくれたのだ。

とはいえ、小石川では下働きをしていたおきんである。

ここでいきなり鍼灸医を名乗っても、怪しまれるばかりだと思い、まず麻布に出てきた。

そして、鍼灸医の看板はあげず、耳垢取りを謳《うた》った。

耳垢取りとは、文字通り人の耳垢を耳かき棒で掃除する商売である。

唐人姿で客に接する者が多かったのだが、文政の世にあっては、ほとんど見られなくなっていた。

おきんは多少肌の色は浅黒くはあるが、少しうけ口で、ぱっちりとした目は愛ら

しく、下働きをしていた頃は、患者からの受けがよかった。

それゆえ、自分が耳垢取りをすれば、客が来るのではないかと考えたのだ。

そうして、耳垢取りに来た客に、

「ついでに鍼《はり》をどうです」

と勧めてみたところ、

「姉さん、鍼もできるのかい？　そんならちょっとやってもらおうか」

と、療治を受ける者が増えた。

鍼の腕には自信があったので、一度療治を受けた者から評判が広がり、〝耳垢取り屋〟は繁盛し始め、女の客も来るようになった。

こうなると、おきんを女房にしたいという男も出てきたが、亭主に食わせてもらわずとも、一人で立派に生きていけるのだ。

「一緒になるのなら、あたしがとことん惚れ抜いた男でないと」

そんな気持ちが先に立つ。

それで、男を選ぶうちに、いつしか二十五の年増女になっていた。

それでもおきんは動じなかった。

「どうせ一緒になってしまえば、男は勝手気儘なことを言うに決まっているよ。あたしは安く売らないよ……」

一生独り身でもよいと考えたのだ。

ところが、そんなおきんにも、ついに惚れて惚れて、惚れ抜いてみせる、という男が現れた。

それが、髙山昭之助であった。

「男なんて……」

この世から消えてしまっても何も困らないと思ってはみても、少しは色気を売りにしての商売である。

いつも強気で言い寄る男を突っぱねていると、痛い目にも遭うというものだ。

耳垢取りは、日暮れには終えてしまうようにしていた。

あまり仕事を続けていると、どこかで一杯ひっかけた男がやってきて、おきんに迫ってきたりするかもしれないからだ。

出来るだけ、女の客も増やすようにして、客には必ず早めに来てもらい、前の客が終ったところを見せつけて、

「どうもありがとうございました。次のお客様、どうもお待たせいたしました……」

と、仕事を続けるように工夫した。

こうしておけば、客と二人きりになることもあるまい。

しかし、そういう段取りが、いつもうまく運ぶはずもない。

昼間から酒をひっかけた客がいきなりやってきて、耳垢を取れと言うので、

「今日はもう仕舞わせていただいたのでございますよ」

やんわり断ったのだが、

「何だと？　おれは耳に垢が溜まりすぎて、何も聞こえねえや」

などと、酔っ払っているわりには、わかったようなことを言って、

「まず、おれの耳垢をほじくり出してくんなよ。話はそれからだ」

と、上がり込んできた。

——こんなやつになめられて堪るか。

おきんの持ち前の利かぬ気が、頭をもたげた。

「でもお客さん、頭から血が出ていますよ」

と応えると、

「え……？」

客は頭に手をやった。

「聞こえているじゃあありませんか。帰っておくんなさいまし」

おきんは、からかうように言った。

「て、手前《てめえ》……、おれをこけにしやぁがると承知しねえぞ！」

客は酔いも手伝って、激昂した。

「よし！　そんならおれがお前の耳垢を取ってやるぜ」

そうして、またわけのわからないことを言い出したかと思うと、

「おれが膝枕をしてやるから、こっちへきやがれ」

おきんの腕を取った。

おきんもまた頭にきて、男の手を捻《ね》じあげた。

鍼灸医から、按摩《あんま》の術も習ったことがあるので、ちょっとした柔術の心得があったのだ。

「痛《いて》え……」

男はその場に踞《うずくま》ったが、これがかえって男の怒りに火を点けてしまった。

「この尼……」

そこは荒くれである。

力でおきんを突きとばすと、

「こうなったら、どうでもお前の耳垢をほじくってやるぜ！」

戯言《ざれごと》を叫びながら摑みかかってきた。

「何するんだい！」

おきんは表へ飛び出そうとしたが、行手を阻まれ困ってしまった。

そこへ通りかかったのが昭之助であった。

何やら男女が争う声を聞きつけて、前までやってきたのだ。

「おいおい、乱暴はよさないか」

昭之助は、酔っ払いの後ろ襟を摑むと、表へ放り出した。

「な、なんだ手前《てめえ》は……」

男は収まりがつかず、昭之助に毒づいたが、

「今度はおれにかかろうというのかい？」

昭之助は武芸を修めているゆえ、酔っ払い相手にまったく動じない。

「やかましいやい！　三一《さんぴん》覚悟しやがれ！」

正体を失っている男に、

「そうか、ちょうど人を斬ってみたいと思うていたところだ」

と応えるや、腰の刀に手を添えた。

「な、何でえ、斬ろうってえのか……」

男は凄んだが、昭之助は鯉口を切った。

その構えが美しく、酔った男も昭之助の腕を認めたようで、

「か、勘弁してくれ……」

慌てて、その場から逃げ去った。

「二度とくるな！」

礼より先に罵声がおきんの口から飛び出した。

昭之助は、そんなおきんの様子がおかしくて、からからと笑った。

「あ……、これはすみません……。危ないところをありがとうございました……」

おきんは我に返って小腰を折った。

昭之助は照れくさくなって、

「まったく馬鹿な奴だな。この刀は竹光だというのに……」

竹光の刀を抜いてみせて笑った。

「言っておくが、刀を質に入れたわけではないのだ。剣を学ぶ者は、無闇に刀を抜いてはならぬとの教えでな。それならば日頃は竹光を差しておけばよいと思ったのだよ。逃げてくれてよかった。酔っ払い相手に喧嘩などしたくないのでな」

昭之助は、おきんに親しみが湧いてきて、思わず多弁になった。

だが、それを聞いているおきんの表情には、女の恥じらいと艶かしい色気が交じり合った、えも言われぬ味わいが浮かんでいた。

——とうとう見つけたよ。

おきんにとって、昭之助こそが、惚れて惚れて、惚れ抜きたい相手であったのだ。

「とにかく、お上がりくださいまし……」

おきんは、一目惚れという、おかしな心の動きにうっとりとしながら、昭之助を家に上げ、

「よかったら、耳垢をお取りしましょう。鍼もできますからどうぞ……」

甲斐甲斐しく世話を焼き始めた。

昭之助は、いささか辟易《へきえき》したが、少し歳が上のおきんに心惹かれた。

まだ子供の頃に母を亡くした昭之助は、自分に次々と世話を焼いてくれる女に憧憬を覚えたのだ。

おきんは、昭之助に世話を焼くうちに、長年の恋への憧れが噴き出して、昭之助が好きで好きで堪らなくなってきた。

「昭さん……」

と、会って二度目で呼んだ。

「あの酔っ払いが仕返しにくるかもしれないから、時折覗いてくれませんかねえ」

と頼んで、人のよい昭之助を、食事と鍼灸で釣って呼び寄せたのである。

剣術の激しい稽古で痛めた体に、おきんの鍼はよく効いたし、腹いっぱい飯を食わせてくれるのもありがたかった。

それで用心棒を務めるようになったのだが、昭之助はおきんという女の母性に日ごと惹かれていった。

おきんは、〝この男〟と決めると、ぐいぐいと昭之助に迫った。

二人がわりない仲になるのに時はかからなかった。

時折覗いてくれという願いは、すぐに、

「ずっと傍にいておくれな」

と、馴れ馴れしく、有無を言わさぬものになってきた。

そして今は、くだらない痴話喧嘩が因《もと》で、昭之助は罰を受けて、五日の間、おきんの家の奥から出してもらえないでいるのだ。

四

どうしてこんなことになってしまったのであろう。

昭之助は、自分自身がわからなくなっていた。

わりない仲になったとて、おきんは夫婦になりたいなどとは言わなかった。

剣客を目指してはいるが、昭之助は親からの浪人であるから、夫婦になることは出来る。

とはいえ、おきんにしてみると、昭之助は剣客を目指して、師範の許で修行中の身の上であるから、坂村信二郎という武士に認めてもらわないといけない。まともな武士なら、愛弟子の妻に自分を望まないであろう。

おきんとて、それくらいのことはわかる。

「別れてしまえ」

と言われるのが恐くて、内縁のまま時を重ねたいのだ。

惚れて惚れて、惚れ抜くのに、他人の許しなど無用のものだとおきんは思っている。

昭之助が剣客になりたいのなら、自分が面倒を見てやる。内職などやめてしまって、自分の用心棒として、絶えず傍にいてくれたらよいのである。

ここにいれば、長屋の店賃《たなちん》も要らないではないか。

そう言って、女はどんどんと自分に迫り虜《とりこ》にしていく。

今まで女を知らなかったわけではないが、これほど自分に惚れてくれる相手と巡り合ったことはなかった。

自分が剣に生き、剣に死ねると思っているように、彼女は高山昭之助のためなら死ねると思っている。

「ちょいと今日は夢見が悪くてさ。頼むから一緒にいておくれよ」

などと縋《すが》られると、どうしても稽古に行くとは言えなくなった。

そして稽古を休むと、おきんはこの上もなく喜んで、仕事の傍ら赤児を慈しむ母のように、昭之助の世話を焼いたものだ。

母性に惹かれたとはいえ、昭之助は、はっきりとした恋情をおきんに抱いているのかと自問すると、よくわからなかった。

迫られるがままに恋を受け入れ、いつの間にか離れられなくなっていたともいえる。しかし、

「昭さんも、あたしが好きだろう、惚れているよね」

と問われ続けると、おきんへの情が積み重なって、

――おれはおきんに惚れている。

今ははっきりと言える。

〝押しかけ女房〟というよりも〝押し倒し女房〟だが、おきんの妖術にかかり、軍門に降ったことを、恋と認めよう。

だが、おきんは昭之助を恋するあまり、人が変わってしまった。

やっと巡り合えた男を好きになり過ぎて、昭之助について自分が知らないことがあると、耐えられなくなってしまったのだ。

おきんの恋に応えただけに、これは困った。

夢見が悪いと言うが、つまるところ剣術道場の方が自分の家にいるより大事だと昭之助が思うことへの嫉妬から、

「あたしと道場、どっちが大事なんだい？」

という、問いかけをしているのだ。

とはいえ、おきんは大人の女である。

そういう男への問いがいかに馬鹿げているかを知っているゆえ、口には出さない。

「夢見が悪くて一睡もできなかったよ」

と、憔悴した様子を見せ、

「今日は家にいてくれないかい？」

申し訳なさそうに言うのだ。

昭之助は仕方なく稽古を休んだ。

いざという時は、大事なおきんを何としても守り抜くという姿勢を見せたのだ。

「この人は、やはりあたしを大事に思ってくれている……」

おきんは、二日傍にいてくれるだけで幸せであった。

それでも、その二日の楽しさを知ってしまうと、また傍へ置いておきたくなる。

「長屋を引き払ってここへ越しておいでな」

引っ付いてから何度も誘いをかけたものの、昭之助はその度に、

「いや、坂村先生に断りを入れないと、あの長屋を引き払うわけにはいかない」

首を縦に振らなかった。

自分の住まいはここですと、耳垢取り屋に師を連れてこないと、師を欺いていることになる。

今はまだ、お前も先生に会いたくはないのであろうと言われると、おきんは何も言えなかった。

そのうちに、このところの昭之助の様子に異変を覚えた坂村信二郎が、昭之助の住まいを訪ねた。

そこで数日顔を見ないと聞いて、何が起こったかと気になり、近頃、耳垢取りの女の許に出入りして、用心棒を務めていると突き止めて、おきんの家を訪ねてみた。

幸いにも、おきんは客に鍼療治をしていて、二人がしっぽりとしんねこでいるところには出くわさなかった。

しかし、それなりに世馴れている信二郎には、耳垢取りの女の家の奥の一間に控えている浪人者が、ただの用心棒とは思われなかった。

どう考えても間夫ではないか――。

それでも信二郎は、

「稽古そっちのけで、女の家にしけ込んでいるとは何たることだ！」

などと野暮なことは言わなかった。

――昭之助もすみには置けぬな。

からかうつもりで、

「耳垢はよいゆえ、鍼をしてもらおうかな」

と、客に扮《ふん》して、おきんの療治を受けた。

その日は、昭之助は朝から稽古に励んだものの、

「先生、ちと断れぬ内職がございまして、今日は八つ頃に稽古を終えとうございます」

と言って、おきんの許へ戻っていた。

どうしても、昭之助に食べさせたい鴨が届くので、今日は早めに帰ってこいと、おきんに告げられていたからだ。

それゆえ、そろそろ店を仕舞おうかと思っていたところに現れた信二郎が気に入らなかったおきんであったが、

「すまぬな。右肩だけでよいゆえ、雑作なかろう」

昭之助以上に爽やかで人当りのよい信二郎に語りかけられると、

「いいえ、喜んで当らせていただきます」

おきんの表情はたちどころに和らいだ。

昭之助はというと、稽古の疲れもあり、奥の一間でうつらうつらとしていたので、師のおとないにまったく気付かずにいた。

「うむ、好い腕だな。たちどころに肩の張りが、ほぐれたようだ」

信二郎は、おきんの鍼を誉め、

「昭之助！ よい内職だな」

と、奥へ呼びかけると、目を丸くするおきんを尻目にからからと笑った。

「せ、先生……！」

さすがに驚き慌てて、奥から飛び出てきた昭之助を見て、

「ははは、昭之助、こういうところがあるのなら、そう言えばよいのだ」

信二郎はさらに笑った。

「も、申し訳ございませぬ……」

昭之助は平身低頭の体《てい》であったが、おきんは信二郎が自分とのことを認めてくれたのだと感じ入り、

「き、きんでございます……」

ただただ恐縮して頭を下げたものだ。

「昭之助。とかく今が楽しい頃であろう。それゆえ、当分はこっちの内職に身を入れるのもよかろう。だがこっちの仕事に慣れたら、今までより尚、稽古に励むがよい。この姉さんのためにもな。おきん殿、頼みましたぞ」

そして、にこやかに告げて帰っていったのだ。

「なんて好い先生なんだよ……」

おきんはその夜、昭之助に身を預けながら、感嘆した。

信二郎は、昭之助の若さゆえの暴走と寄り道を認めてくれた上で、おきんのためにも稽古に励めと言ってくれたのだ。

昭之助は涙を流しながら、

「おきん、お前と一緒になって、おれは剣の道で世に出てみせるぞ」

と、二人の新たな門出を誓ったのであった。

それから、稽古場へ出ると、昭之助は師への決まりの悪さもあり、今まで以上に稽古に励んだ。

おきんも、〝夢見が悪い〟などとは言わず、昭之助が得心いくまで、稽古をさせてやった。

つまるところ、昭之助は自分の許に帰ってくるのだ。

おきんは、昭之助と夫婦になった想いで喜んでいた。

ところが、おきんの心と体に芽生えた、昭之助を己がものにしたいという欲求は収まらなかった。

昭之助が坂村道場で励めば励むほど、おきんは一人取り残された想いになった。

頭では、立派な剣の師の下で、昭之助が己が望むところへ進んでくれたらよいと思っていても、つい自分の方へ引き寄せたくなってしまうのだ。

そして、女の客への嫉妬を募らせ、昭之助に〝罰〟を与えた。

それは五日の間の外出禁止であった。

「そんなことができるはずがないだろう」

昭之助は宥《なだ》めたが、

「昭さんは、何だかんだと言って、つまるところ、偉くなってあたしのような女と手を切るつもりなんだよ……」

と、妄執にとらわれたかのように言い募り、

「あたしは死んでやるよ。そうすればお前はあの客とよろしくやれるし、大好きな稽古もできるからね……」

と、遂には理屈の通らぬことを言って、台所から包丁を持ち出す始末であった。

「わかった。そこまで言うならお前の言う罰を受けてやろうじゃないか。だが、店にきた女の客との仲を疑われて五日の禁足になりました、稽古を休みます。などと言えるわけがなかろう」

「そんなら、身内に不幸があったとか、死にそうな人がいて、それがひとかたなら

ぬ世話になったお方なんだと言えばいいよ」

と、おきんは言う。

もう無茶苦茶な話であるが、おきんも寂しいのであろう。一度言うことを聞いてやれば満足するのではないか——。

「わかった。そうしよう」

そうして昭之助は、坂村信二郎に嘘をついて、奥の一間に籠っているのだ。

五日ほど稽古を休むと告げた時、

「そうか、お前の父親が世話になった御仁なら、おれにとっても大事だ。しっかりとお世話をしてさしあげるがよい」

信二郎は何も問わずに聞き入れて、路銀の足しにしろと小遣い銭までくれた。

「忝《かたじけの》うございます……」

昭之助は深く頭を垂れて、おきんの許へ戻ったのだが、彼の心は重苦しかった。

——先生は、自分がおきんの許に閉じ込められているのをわかっておられる。

わかっていながらも、

「昭之助が言うことを信じてやろう。もし、それが嘘であったとしても、何か理由があるのに違いない」
と、今は様子を見てくれているのであろう。
――だが、このままではいけない。
昭之助は頭を抱えた。
おきんは本当に包丁で胸を突くのではないかという乱れようである。
自分のような男をそこまで思い詰めるおきんが不憫で言うことを聞いたものの、
――それがいけなかったのかもしれぬ。
おきんは利かぬ気で、客の機嫌をとろうともしない女だが、耳垢取りをさせると、
うっとりとするほど心地よい。
ついでに鍼を頼むと、体の凝りや張り、だるさがたちどころに楽になる。
腕がよいゆえ客が来るし、仕事で手を抜くことはなかった。
しかし、このところは昭之助が気になって、仕事に身が入っていない。
気まぐれで店を仕舞いにしてみたり、耳垢取りも鍼灸も雑になってきて、客足も
次第に遠のいている。
――これでは互いによくない。

いっそ、師が乗り込んできて自分を殴りつけ、有無を言わさず道場へ連れていってくれた方が余ほど気が楽だと、昭之助は心の内で思っていた。

どこまでも無理強いはせず、

「おれは、お前達弟子には強うなってもらいたいと切に願っている。それゆえ、おれが体得した術はみな教えてやるし、おれができぬ術ができるよう指南もしよう。だが、おれはお前達の代わりに稽古はできぬ。お前達がやる気を出さねば上達は叶わぬぞ」

というのが信二郎の教えであった。

その方針は間違ってはいない。

だが、罰の刑期が過ぎたからといって、おきんの悋気《りんき》が止んで、以前のように昭之助が坂村道場へ通うことが出来るであろうか。

罰の五日が終るまで、まだ三日もある。

この日、おきんは昭之助が不機嫌でいると見るや、仕事を止めてしまった。

「まず機嫌を直して一杯おやりな。昭さん、あたしはお前がいないと、生きていけないんだよ……」

包丁で胸を突こうが、橋から身を投げようが、勝手にすればよい。

縋りついてくるのを振りほどいて、道場へ行きたい。

そうは思っても、これほどまでに自分に惚れてくれる女を、昭之助はどうしても捨てられないのである。

五

「てえことは、昭之助さんが世話になった人に会いに行っているというのは、嘘だと仰るんで？」

不動の龍五郎は唸った。

「おそらくな……」

坂村信二郎は苦笑した。

髙山昭之助が近頃お夏の居酒屋に現れないのは、おきんといるひと時が大事であったからのようだが、

「昭之助の女というのが、どうも悋気が強くてな。奴はそれに引きずられているよ

うなのだ……」

信二郎は、おきんにも会っているし、二人の仲は認めているが、その時のおきんに対する印象、その後の昭之助の行動から、二人の行方に不安を覚えていた。そっと人を遣《や》って様子を窺うと、思った通り、おきんは昭之助に惚れるあまり、嫉妬に駆られ心が乱れているらしい。

信二郎はかつて水茶屋で用心棒をしていたことがあるので、嫉妬深い女は、大よその勘でわかるのだ。

店にいた者達は、ぽかんとした顔をして信二郎を見た。

「先生、そこまでわかっているのなら、耳垢取りの家に乗り込んで、もしそこに弟子がいたら、首根っこ摑んででも、連れて帰りゃあ好いじゃあねえですか」

龍五郎が眉をひそめた。

「確かに、それはそうなのかもしれぬが、二十歳を過ぎた男にすることでもなかろう」

信二郎は柔和な表情を崩さなかった。

「いや、先生のお気持ちはわかりますが、二十歳を過ぎた男が、師匠に嘘をついて、稽古そっちのけで女のところにしけ込んでいるってえのはどうもねえ……」

龍五郎は納得がいかない。

信二郎の愛弟子ということで、何かというと、店の常連達は独り者で稽古熱心な昭之助を気にかけてきたのである。

それが、そんな情けない男であったとは、やり切れぬではないか――。

それは、店にいる者が皆思っていることであるのだが、

「まったく、皆には申し訳ないが、おれもおのぶと一緒になるにあたっては色々とあった。終りよければすべてよしと言うつもりはないが、昭之助が自ら立ち直ってくれるのを信じて、しばらく様子を見てやりたい。とはいえ、このまま手をこまねいているわけにもいかぬのはわかる。それゆえ、恥を忍んで皆に話を聞いてもらっているというわけだ」

信二郎はそう言って、頭を下げた。

剣をとれば一刀流の遣い手である坂村信二郎のこの態度に、一同は心打たれた。

「先生はおやさしいお人だ……」

龍五郎が、常連を代表して感嘆したのは言うまでもないが、

「いやいや、やさしくはないね。むしろ厳しいお人だね……」

と、お夏が煙草の煙を吐き出しながら言った。

「こういう時はね、親方が言ったように、乗り込んで首根っこを摑んででも連れて帰ってくれる方が、昭さんも気が楽ってものさ」

これを聞くと龍五郎も、ふっと笑って俯いた。

信二郎が痛いところを衝かれたと、頭を掻いた。

「ふふふ、女将の言う通りだ。とどのつまりは己の意思で立ち上がらぬ奴ならそこまでだと、初めから見捨てているのだな……」

「あたしはそれで好いと思いますよ。そこが先生の好いところだ。厠へ連れていってやるのは好いが、尻まで拭いてやることはないですからね」

一同は、お夏の言うことに大きく頷いた。

だが、龍五郎だけは首を振って、

「婆ァ、そいつは確かだが、先生は手をこまねいているわけにはいかねえと、ここへきなさったんだ。それじゃあ応えになっていねえじゃあねえか」

と、お夏を詰った。

龍五郎の言葉は、正しく当を得ていた。

お夏は、黙っていればいいのに、つい口を挟んでしまったことを悔やんだ。

「婆ァ、悋気を病んだ女ってえのは、何を言ったたって聞く耳を持たねえもんだ。ここはお前が一肌脱ぐしかねえだろう」

案の定、龍五郎がそれをきっかけに攻めてきた。

「あたしが一肌脱ぐ?」

「嫌だってえのかよ」

「嫌とは言わないが、ここには親方とか、立派な男がたんといるじゃあないか」

「何言ってやがんでえ、女には女がぶつかるのが何よりなんだよ」

「くそ婆ァも女だってえのかい」

「くそ婆ァが出張っても、女は悋気しねえからちょうど好いんだよ」

「頭にくるおやじだねえ」

「こんな時に頼りになるのはお前なんだから、何でも好いからちょいと智恵を絞らねえかよう」

「親方の言う通りだ。女将、頼む！　智恵を貸しておくれ……」

すかさず信二郎がお夏を拝んだ。

「焼きもち焼きの女にがんじがらめにされちまうような男はいけませんよう……。うっちゃっときゃあ好いんですよう……」

お夏はぶつぶつと言ってあがいたが、この日ばかりは雲行きが悪かった。

昭之助が嫉妬深い女から離れられないことを笑ってはいられなかった。

お夏とて、この居酒屋に寄ってくる客達に頼られると、嫌とは言えなくなる。

口では憎まれ口を言ってはねつけても、結局は陰で動いて人助けをするはめになるのであるから、ここはまあ、胸を叩いておくかと諦めつつ、

「大の男がこんなにいながら、居酒屋の婆ァに智恵を借りないといけないなんて、情けない話ですよ、まったく……」

お夏はしばらく毒づいていたのである。

六

坂村信二郎が、お夏の居酒屋で悩みを吐露してから二日後――。

高山昭之助が幽閉されている、耳垢取りのおきんの家に、昼から一見《いちげん》の客がやってきた。

客は四十がらみの、屈強そうな武士であった。

宮仕えの武士ではなく、どこぞで剣術指南でもしているかのような風体で、身形もこざっぱりとしている。

「誰かある……」

武士が訪ねた時、おきんは奥の一間で、昭之助に昼の給仕をしていた。

まだ、昭之助に科した刑期は残っていたのだが、

「三度のご飯に、お酒と女がついているなんてさ、そんな囚われ人は、どこを見たっていやしないよ」

牢番のおきんは、鼻にかかった声で昭之助を戒め、刑期が終った後は、何として自分の傍へいさせようかと思案していた。

「ああ、誰だい、迷惑な客だねえ」

武士が案内を請う声を聞いて、おきんはしかめっ面をした。

まだ昭之助は食べ終えておらず、世話を焼く身としては、迷惑な客であった。

「これ、誰かおらぬのか……」

武士はまた呼んだ。

その野太く通る声を聞けば、なかなかに立派な武士だと昭之助には知れる。

「迷惑な客と言う奴があるか。おれのことはよいから、早くお相手をせぬか」

昭之助は小声で言った。

惚れた女でも、ずっと一緒にいれば飽きもする。

昭之助は何も話すことはない。といって、

「うん、うん……」

と聞いていると、

「何だい、おもしろくない人だね。話を聞いているのかい」

おきんはすぐに不機嫌になる。

客の登場はありがたかった。

「仕方がないねえ……。すぐに戻ってくるから、待っていておくれよ」

おきんは、渋々、表の一間へと出た。

武士はおきんを見て、

「おお、いたか。まず耳垢を取ってもらおう。その後は、鍼がよいな」

と、言った。

喋り口調に驕《おご》ったところはなく、おきんは武士が醸す迫力に気圧されそうになったが、決して荒くれ浪人の類ではない落ち着きがあり、ほっとさせられた。

「いらっしゃいまし。それではすぐに当らせてもらいましょう」

おきんは、さっさと終らせてしまおうと、まず耳垢取りを始めた。

好い加減に愛嬌をふりまいておけば、こちらの言うことを聞き入れて、すぐに療治もすむであろうと、

「旦那は、やっとうの先生とかなさっておいでで？」

まずは、軽く問いかけた。

すると、客は、

「まずそのようなところだ」

と、応えた。

「さようでございますか。そんな気がいたしました」

「ほう、剣術を志す者に知り合いでもいるのか？」

「知り合いといいますか、お客さんにそういうお方が時折おいでてございまして……」

「なるほど……」

知り合いというようなものではない。自分の〝好い人〟なのだと内心叫びながら、おきんは耳かき棒を手にして、

「ちょいと、ごめんくださいまし……」

と、武士の耳を覗き込んだ。

「客ならばよいが、剣客と呼ばれるような者とは通じぬ方がよいぞ」

すると武士は、そんなことを言い出した。

「そうでございますかねえ」

おきんは気になる。

「ああ、そうだ。剣に生きる者は、いつも死と隣り合わせゆえ、いざとなれば俄な別れがあるやもしれぬ」

「そりゃあまあ……、剣というものは、殺し合いの道具ですからねえ」

「ふふ、殺し合いの道具か。正にその通りじゃのう」

「とはいえ、刀を抜いて斬り合うことなど、まずございませんのでしょう？」

「それはないが、武士の意地にかけて、真剣での果し合いをいたさねばならぬことはあるやもしれぬのう」

「果し合い……」

おきんの手が思わず止まった。

確かにそんなことがあるかもしれない。

「果し合いになるようなことはまずなかろう。某とて、まだ一度も果し合いはしておらぬ。だが、日頃からその覚悟はしておかねばなるまい」

「周りにいる者も、死に別れるのをいつも覚悟しておかないといけないと……」

「いかにも。それゆえ通じぬ方がよいと申すのだ」

おきんは、剣術の稽古に行ったまま、二度と戻ってこない昭之助を頭に思い描くと、手が震えた。

「どうした、耳垢取りを続けてくれ」

「は、はい……」

おきんは、再び武士の耳垢を取り始めたが、心は乱れていた。

「あたしは、剣客などというお人とは縁がございませんので……」

昭之助には剣術を止めてもらわないといけない――。

おきんは、その想いに駆られていた。

「だが、惚れてしまった男が、たまさか剣を志す者であれば何とする」

「剣術など止めてもらいます」

「ははは、剣に生きる者が、女に言われて剣を捨てるものか」

「そうでございましょうか。惚れた女のためなら、何だってできるはずです……」

「剣を取るか、女を取るか……。こんな馬鹿げた話はない。そもそも筋が違う話だ。そなたがこの先、もし剣士に惚れたなら、自分のために易々と剣を捨てるような男はやめておけ。どうせろくな者ではない」

おきんは混乱した。

昭之助に、剣を捨てて自分と一緒にいてくれと言えばどうなるであろう。

自分を捨てて、彼は剣を取るのであろうか。

いや、そんなことはさせない。剣客が剣術に命をかけるように、自分は恋に命をかけているのだ。

何が剣客だ。そんなものがこの世にいなくても、誰も困りはしないではないか。

こんな客を家に入れるのではなかった。断るべきであった。

おきんは耳垢取りどころではなくなっていた。

客への腹立ちと、昭之助への想いが重なって、手は震え集中出来なかった。

そして、武士にとってはそれが狙いであった。

この剣客浪人は、居酒屋のお夏から頼まれてここへ来ている、大嶽惣十郎《おおたけそうじゅうろう》である。

惣十郎は、お夏が父のように慕っている、香具師の大立者・牛頭の五郎蔵の食客である。

神道無念流の達人であったが、浪人ゆえの貧苦から妻子のために、悪人を葬り去る裏の仕事を受けてしまった。

仕事はうまくいったものの、一度裏稼業に手を出すと、剣客の道には戻れず、妻子との別れを経て、五郎蔵の許に身を寄せるようになり、やがて娘との再会を果した。

その間にお夏と知り合ったわけだが、生き別れになっていた娘との和解にお夏は一役買っていた。それゆえ彼女から頼みごとをされると惣十郎は断れなかったのである。

今では親友となった河瀬庄兵衛が務めるべき役ながら、庄兵衛はこの先、昭之助と顔を合わせる可能性もあり、お夏は惣十郎を担ぎ出したのだ。

話を聞くと、

「それはいかぬな。先のある剣士がおれのようになってはいかぬ」

惣十郎は、お夏の人助けに心打たれて、策を受け容れて、嬉々として臨んだのであった。

――奥の一間で、昭之助とやらは、おれの話を聞いて、どう思うていることやら。

惣十郎は、そう考えるだけで楽しくなってきた。

実際、この時幽閉の身の昭之助の耳には、惣十郎の声が届いていた。

まったく、客が話す通りである。

自分の心の内を言い当ててくれている。

それはわかっているのだが、客はおきんがどれほどまでに自分に惚れているか知らない。

まだ子供の頃に、昭之助を慈しんでくれた亡母以上に、おきんは自分に慈愛を注いでくれている。

その女を、やはり自分は邪険には出来ないのである。

自分をこれだけ好きでいてくれるおきんである。いつか自分が目指す剣術をも好きになってくれるであろう。

その日がくるまで一緒にいてやろうと、昭之助は思っているのだ。

それが昭之助のはかない思い込みであったとしても——。

惣十郎は、頃やよしと、

「おっほんッ！」

大きな咳払いをした。

驚いたおきんの手許が狂い、耳かき棒が惣十郎の耳を突いた。

達人の惣十郎であるから、耳の中とはいえ、深く突かれはしないが、

「うむッ！　たわけ者めが！」

耳を押さえて屈み込んだ。

「ど、どうなさいました？」

おきんは慌てて、後ろへ下がった。

「どうしたではない！　耳垢取りに身が入っておらぬとは思うたが、耳を突くとは何ごとじゃ！」

　惣十郎はいきり立ってみせた。

　昭之助は堪らず奥の一間から飛び出てきた。

「おきんが粗相をいたしたようで……。何卒御料簡なされてくださりませ……」

　惣十郎が怒る声は、只者とは思えなかった。

　もしや手討ちに遭うかもしれないと、引っ込んではいられなかったのだ。

　惣十郎は内心しめたとほくそ笑んだが、

「何だおぬしは……。ははァ、そうか、おきんとやら、お前の男は剣士であったか。それで某の言葉に心が揺れたか！」

　惣十郎は昭之助を睨みつけながら、がなり立てた。

　おきんは何か言おうとしたが、

「何卒、ひらに……」

　昭之助は頭を下げて、物を言わさなかった。

「ふッ、見たところ、首には竹刀がかすった痕、拳には小手を打たれた時の腫れの痕。先頃までは、いずれかの剣術道場で、稽古に励んでいたか」

「畏れ入ります……」

「どこの道場に通うていた」

「それはお許しくださりませ」

「昼日中から酒をくらい、女に働かせ用心棒気取り、そんな風に成り下がったおぬしも、己が師に恥をかかせてはならぬという想いは持ち合わせているか」

惣十郎は、昭之助を罵《ののし》った。

「ちょいと、成り下がったとは何だい！　剣術の稽古をしていりゃあ偉いのかい！」

おきんが嚙みついた。

「できの悪い女のために、頭を下げている情けない男よりはな……」

惣十郎は静かに言った。左手は、相変わらず左耳を押さえたままだ。

「あたしがしくじったんだ。頭にくるのならあたしをばっさりやりなよ！」

「おきん！　黙っていろ！」

昭之助は一喝した。

初めて見せる昭之助の怒りの形相に、おきんは気圧された。

――この男は、あたしを命がけで助けようとしている。

剣術をしていたって、自分の方が世馴れていて甲斐性もある。虜にしていたつもりが、昭之助の強さが胸に沁みたのだ。

「お前さん……」

咄嗟に、おきんの口からこの言葉が出たが、その時、表から、

「何だい、昭さん……！　あんた世話になったお人の見舞いに出かけていたんじゃあなかったのかい」

お夏の声がした。

「女将さん……」

昭之助は絶句した。ある意味、ここにいることを誰よりも知られたくない相手であった。

「何だい、この小母さんは……」

おきんは新たな客のおとないに、態勢を立て直さんとしたのだが、

「何度か話しただろう……。目黒の居酒屋の……」

「お夏さんかい……」

昭之助に言われておきんも沈黙した。

昭之助は、おきんにはお夏の居酒屋の話をしていた。嫉妬深いおきんも、お夏の居酒屋の噂を聞き及んでいて、

「その居酒屋なら行ったって好いよ」

と、言っていた。会ってみると、いかにも一筋縄ではいかぬ女将であるとわかる。

「おや、旦那はもしかして……」

お夏はそこからさらに芝居を続けて、惣十郎に声をかけた。

「そういうお前は……」

「ええ、前に牛頭の元締にお引き合わせいただきましたねえ」

「ああ、そうであったな。相変わらず元締に厄介になって、剣の修行を続けている大嶽惣十郎だ」

「どうしてここへ……」

「評判を聞いてきたのだが、耳を突かれるわ、この女に毒づかれるわで、大変な目に遭《お》うていたところだ」

「何ですって、耳を突かれた？　見せておくんなさいまし」

お夏は惣十郎の左耳を覗き込んで、小指を耳の入り口に軽く差し入れた。小指には予て用意してあった血糊が端から塗られている。

「おや？　先生、血が……！」

「うむ、やはり切れていたか」

「おきんさんだっけ？　お前、こんな不始末をしておいて、毒づくとは何ごとだい。それに昭さん、お前さん先生に嘘をついて、ここにしけ込んでいたのかい！」

お夏と惣十郎のやり取りは、あまりにも偶然が重なり出来過ぎているが、達人二人の芝居は迫力があり、おきんと昭之助はすっかりと呑まれてしまっていた。

七

その半刻後。

おきんの家のほど近くにある、大黒天吉祥院裏の空き地に、対峙《たいじ》する高山昭之助と大嶽惣十郎の姿があった。

すっかりと青ざめて、いつもの利かぬ気が隠れてしまったおきんと、傍らで腕組みをしているお夏が二人を見ていた。

昭之助と惣十郎の手には、竹棒が握られていた。

これは、近くでお夏が求めてきた竹竿を、惣十郎が抜刀して二つに切断したものである。

この見事な腕を前にして、おきんはすっかりと意気消沈してしまった。

お夏から事情を聞かされた惣十郎は、昭之助に、

「おぬしの師の名は問うまい。目をかけてきた弟子に欺かれ、その弟子はこの体たらく。いかにもお気の毒ゆえ、知らぬこととするが、おきんの無礼は捨て置けぬ」

と息まいた。

「だからといって、先生、女を相手にどうなさるおつもりなんです」

するとお夏が、惣十郎を宥めてみせる。

「女に手をあげるつもりなどない。だが、そもそもこの髙山昭之助を腑抜けにしたのは、おきんではないか。このふざけた女に試練を与えてやる」

そう言って、竹棒による昭之助との立合を望んだ。

「某と立合えば、おきんをお許しいただけるなら、喜んでお相手をいたしましょう」

昭之助はこれを受けて、今惣十郎と相対しているのである。

おきんは、竹棒での立合だというのでほっと息をついたが、それでも昭之助の身を案じて、

「旦那、そもそもあたしがいけないのなら、このきんに罰をお与えくださいまし」

と懇願したが、

「あんたは、黙って見ていりゃあ好いのさ」

と、お夏に叱られて、また沈黙するしかなかったのだ。

惣十郎は昭之助と対峙すると、

「おきん、よく聞け。惚れた男が大事にしてきた剣術とはどのようなものか、剣術師範に先行きを望まれた男が、お前のせいでどれだけ腕を落したか、その目で確かめるがよかろう」

おきんに厳しい口調で告げ、

「いざ、参ろう」

ここまですべてが、お夏が仕組んだ芝居であったが、語るうちに惣十郎の気合が充実してきた。

突かれた耳は、まったく無事で、お夏が応急の手当をしたと見せかけての立合は、

「女将、おれも牛頭の元締の世話になってはいるが、ただの用心棒代わりではのうて、一人の剣客として、この先も精進いたさねばなるまいと思うてきた。この芝居を境にそうするよ」

と、予《あらかじ》めお夏に誓って臨んだものだ。

ただおもしろ尽くで引き受けたわけではなかった。

昭之助の体が引き締まった。

久しぶりの剣術に対する意欲が湧いてきたのである。

「お願いいたしまする……」

昭之助は、竹棒を構えただけで惣十郎の強さを知った。

師の坂村信二郎に勝るとも劣らぬ、間合に潜む威圧を覚えたのである。

「うむ、おぬし、なかなかできるな」

惣十郎の表情に笑みが浮かんだ。

「耳垢取りの用心棒にしておくのは惜しい」

おきんは衝撃を受けた。

先ほどまで険悪だった二人が、互いに構えただけで、悪童の憎めぬ純粋な目を向け合っている。

「やあッ！」

昭之助が、じりじりと間合を詰めて、前へ出たが、惣十郎は巧みに間合を切って、いつしかぴたりと昭之助の喉元に、竹棒の先を突きつけていた。

昭之助はそれを己が竹棒で払って、惣十郎の小手を狙ったが、惣十郎はその一撃をすり上げて、

「それッ！」

昭之助の右の二の腕を軽く叩いた。

「まだまだ！」

そして、昭之助の技を引き出す。

「えいッ！」

昭之助は間合を切って、竹棒を上下に打ち分けて、惣十郎の懐に入ろうとするが、

「それ！　それ！」

その度に肩を打たれ、脇腹を打たれ、惣十郎の体に竹棒をかすらせることも出来ない。

「とぅッ！」

捨て身で突き入れた一刀が、惣十郎の右袖に触れた。

「惜しいぞ！」

惣十郎は、体を左へかわし、すれ違いざまに昭之助の背中を叩いた。

防具を着けぬ立合は、神経を凄《すさ》まじく消耗する。

その疲れと、打たれた痛みで、昭之助はふらふらになってきた。

「おぬしの剣は、これしきのものか！　女の肌の温もりに、体がふやけてしもうたか！」

惣十郎は、昭之助を叱咤すると、足絡みをかけてその場に倒した。

おきんは泣きながら目を伏せた。

お夏がそれを引き起こした。

「よく見るんだよ！　あんたが惚れた男は、今一番好い顔をしているよ。それがわからないかい！　あんたのためにならら命をかけて戦う……。それが髙山昭之助だよ。あんたはそのやさしさだけを吸いとって、惚れた男を骨抜きにしようとしているのさ。よく見なよ。あんなに打たれて倒されたって、昭さんはどんどん好い顔付きになっていくだろう。あの人が剣術を楽しむように、あんたも惚れた男の好い顔を傍で見て楽しむのさ。好い顔でいられるかどうかはあんた次第、それが女の勝負だよ」

お夏がおきんに励ましとも訓戒ともとれる言葉を言い終えた時、

「髙山昭之助、よい立合であったな。いつかまた相まみえよう。その時は、いずれかの道場でな。今より上達いたさねば、次は打ち殺すぞ。おきん、面倒を見てやるがよい」

地面に座り込んで動けなくなった昭之助に、惣十郎は声をかけて、その場から立ち去った。

おきんは、お夏にひとつ頭を下げると、

「昭さん……！　堪忍しておくれ……！」

と、昭之助に駆け寄った。

「さて、あたしも帰るとするか……」

お夏は、惣十郎に頰笑んで、

「このお礼は改めて……」

別れ際に小声で言った。

「いや、楽しかったよ。今の女将の言葉、胸に沁みたよ」

惣十郎はニヤリと笑った。

「ちょいと喋り過ぎましたよ」

お夏は照れくささに顔をしかめて、居酒屋へと戻っていった。

八

その年も、いよいよ大晦日を迎えた。

誰が言い出したか忘れてしまったが、

「そんなものは、どこかのそば屋に頼んで、手前《てめえ》の家で食べれば好いだろう」

というお夏の叫びも通らず、居酒屋で皆集まって三十日《みそか》そばを食べようということになった。

お夏も清次も大忙しであったが、常連の女房連中も手伝って、厳しい寒さも吹きとぶような温かい夜となった。

「どうして晦日にそばを食うんだ」

「そいつはまあ縁起をかつぐためだって聞くぜ」

「そばの何が縁起が好いんだ」

「細く長く生きようってことさ」

「おれは太く短かく生きてえや」

「そばは切れやすいから、悪い縁を切るためだと聞いたぜ」

「何でも好いから黙って食えよ」

こんな会話も心地よい。

三之橋から、坂村信二郎とおのぶ夫婦もやってきて、常連達は喜んだ。

もくもくと立ちこめる湯気の向こうに、髙山昭之助と並んでそばを啜《すす》るおきんの姿があった。

あれから、昭之助とおきんは、信二郎に涙ながらに詫びたものだ。

お夏は面目を施し、ほっとしたものの、さてどうなるのだろうかと気が気でなかったが、

「お前達は、すぐに夫婦になればよい。祝言とか、そういう面倒なことはまた後で考えたら好い。とにかく夫婦になればよいのだ」

信二郎は、どこかで昭之助とおきんが、自分達は結ばれはしないと思い込んでいた節がある。それゆえ、妙なことになるのだと言って、夫婦にしてしまった。

修行中の者が所帯を持ったとてよいではないか。武士と町の女でも、浪人なのだから障りはない。体裁は後で考えればよい。おきんが多少歳が上でもよいではないか——。

信二郎の言葉は魔法のように効いて、それで昭之助とおきんは落ち着いた。

どう落ち着いたかは、もはや言うまでもなかろう。

「三十日そばってえのは、〝年取りそば〟とも言うそうだぜ」

誰かがそんな話をし始めた。

「年取りそば、か……」

そばを出し終えたお夏が、並んで床几の端に腰かけて、茶碗酒をやり始めた清次

を見てぽつりと言った。

「またひとつ歳を取るよ」

「へえ、まったくで」

「嫌になるねえ。十年たったら、どうなっているんだろう」

「さて、そいつは考えねえ方が好いんじゃあねえですかねえ」

清次は穏やかに言った。

お夏は煙管で煙草をくゆらせながら、

「そうだねえ。あれこれ考えるからいけないんだね……」

大きく頷くと、すっかりと馴染の夫婦連れのように並んでそばを啜る、昭之助とおきんを見た。

「ふふふ、二人とも好い顔をしているよ……」

寺の鐘が鳴り始めた。